COLLECTION FOLIO

Paule Constant

Sucre et secret

Gallimard

Paule Constant vit à Aix-en-Provence. Elle est professeur de littérature française, romancière et essayiste. Elle a déjà publié plusieurs romans, dont *White Spirit* (Folio n° 2364), Grand Prix du Roman de l'Académie française en 1990, et *Confidence pour confidence*, prix Goncourt 1998.

Pour Mathilde

Les personnages portent des noms d'ouragan.

En 1999, l'ouragan Dennis ravagea la Caroline du Nord et la Virginie.

Une grande multitude de peuple le suivait, et aussi des femmes qui se lamentaient et gémissaient sur lui. Jésus se retourna vers elles et dit : Filles de Jérusalem, ne pleurez pas sur moi, pleurez plutôt sur vous et sur vos enfants ; car voilà que viennent les jours où on dira : Magnifiques les stériles, les ventres qui n'ont pas enfanté, et les seins qui n'ont pas nourri.

Luc, XXIII, 27-29

Oh ! je vous connais, vous autres, fit la femme. Des filles honnêtes. Trop sucrées pour frayer avec les gens du commun. Vous voulez bien aller courir la nuit avec des gamins, mais qu'un homme se présente...

William Faulkner
Sanctuaire

1

Je commençais à décrire cette femme qui se maquille avant d'assister à une exécution quand le juge Edward m'a interrompue :

— C'est la femme en noir !

Elle s'était rendue célèbre dans toute la Virginie par sa curiosité fanatique pour les condamnés à mort, ses amours ravageuses et ses démarches forcenées pour assister aux exécutions.

— Voir l'ombre de la femme en noir, c'est sentir l'aiguille dans sa veine, m'a dit le juge Edward en souriant, dicton local !

La femme de mon livre n'a pas de nom. Elle n'est pas encore habillée. Elle porte un soutien-gorge et, par-dessus, une combinaison de nylon. Elle ne se maquille pas nue, à son âge non. Elle ne veut pas apercevoir dans le miroir son corps épaissi alors qu'elle apprête son visage. Elle passe une couche d'un bleu criard, presque électrique, sur ses paupières. Elle se maquille l'œil pour le dernier regard du condamné, qui finira au centre de sa pupille, en plein dans son iris marron, dans le blanc de son orbite, sous la paupière lourdement bleue.

— Vous vous intéressez à la peine de mort? m'a demandé le juge Edward.

Je m'intéresse à l'œil qu'une femme maquille avant de se rendre à une exécution. Vingt-deux heures, entrée principale, invitation obligatoire, papiers d'identité. Présence recommandée une heure à l'avance. Tout mon projet est dans cette prunelle, dans le visage fardé d'une femme qui n'est plus jeune et qui se livre dans la chambre d'un motel à une cérémonie rituelle. Elle a posé sur le lit la robe qu'elle a rapportée du pressing dans une housse de plastique transparent. J'imagine qu'elle s'habillera au dernier moment pour ne pas tacher l'encolure avec du fond de teint.

J'ai demandé au juge Edward s'il lui semblait possible qu'au tout dernier instant, juste au moment de l'injection, une femme puisse plaquer son visage contre la vitre de la salle des témoins pour être vue du condamné. Il ne le pensait pas. La salle de Greenleaves était garnie de glaces sans tain, une rambarde de sécurité écartait les témoins de la vitre et les sièges étaient scellés.

Le professeur Philip précisa que la demi-heure que durait l'exécution plongeait les spectateurs dans une telle angoisse qu'ils disparaissaient en eux-mêmes.

— Ils se racornissent, se ratatinent, se raidissent. Ils accompagnent et miment la mort. Ils retiennent leur souffle comme s'ils ne devaient plus jamais respirer. La plupart ferment les yeux, ils les baissent tout au moins. Tout le monde se tait. Ce ne sont pas les mêmes qui assistent à la mort et qui manifestent. Ceux qui ont vu filent en silence, sans demander leur reste. Les autres crient, pleurent et prient.

Le juge Edward a dit qu'il fallait que je voie ça. Il m'a demandé si je voulais assister à une exécution.

— Allez au moins à Greenleaves. Comment voulez-vous écrire votre histoire si vous ne connaissez pas le vrai décor, si vous n'approchez pas les vrais personnages, si vous ne parlez pas à un vrai condamné. Vous devriez rencontrer David Dennis, il sera exécuté à la fin du mois. Il vous en apprendra plus sur la peine de mort que nous tous ici réunis, et qu'une bibliothèque entière de criminologie.

C'est la première fois que j'entendis parler de David Dennis, qui attendait depuis neuf ans dans le couloir de la mort de Greenleaves. À cet instant, dans la maison du juge Edward, au milieu de la réception qui était organisée par l'université de Rosebud en mon honneur d'écrivain-associé, il m'était décrit comme un criminel flagorneur aimant polémiquer sur la peine de mort, le faisant avec talent. Il serait flatté qu'un écrivain se déplace jusqu'à lui.

David Dennis suscitait ici beaucoup d'intérêt. Très vite, la conversation s'était portée sur lui. Le professeur Philip et le juge Edward, captivés par le sujet, ne me lâchaient plus. Trois ou quatre invités s'étaient amalgamés à notre groupe. Ils semblaient reconnaître en David Dennis le héros d'une sale histoire qui les concernait tous.

Je mesurais combien un personnage de pure fiction comme la femme qui se maquille les yeux avec ce bleu incongru n'avait pas sa chance face au personnage très réel, bien que pour moi encore fictif, de David Dennis. Je voyais la femme qui se maquille disparaître sous David Dennis comme un feu meurt sous un autre feu. Les efforts que je faisais pour ne pas m'intéresser à l'existence de David Dennis, cette volonté que je m'imposais de ne pas poser de questions sur la nature de son crime étaient dépassés par l'évidence de sa réalité. À la certitude ambiante, je n'avais à opposer que la vision approximative d'une femme qui n'existait pas encore et qui peut-être n'existerait pour moi que le livre achevé quand elle serait reconnue par d'autres.

Autour de nous les gens se pressaient. Je reconnus le président de l'université que j'avais déjà rencontré dans son bureau et deux hommes férus de droit pénal qui étaient les avocats attitrés de Rosebud. Ils me demandèrent pourquoi je m'intéressais à la peine de mort. Le juge Edward répondit pour moi que j'écrivais un roman là-dessus.

— Mais pourquoi l'Amérique ? demanda le président.

Je crois qu'il voulait dire Rosebud. Je pense même qu'il voulait me suggérer de ne pas aborder le sujet avec les étudiantes du cours de création, de m'atteler à des thèmes plus légers et — je ne pouvais pas le comprendre — de ne pas réveiller une atrocité dont tout le monde ici voulait effacer le souvenir.

Dans ma réponse précipitée, je ne tins aucun compte des interdits qui minaient la question du président. Ce n'était pas d'ailleurs une question, mais une mise en garde. Je dis d'un ton triomphal, tant cette déclaration me démangeait — je la tenais prête depuis que j'étais aux USA —, qu'il ne restait pas tant d'États civilisés qui pratiquaient la peine de mort pour que j'aie le choix du lieu. Devant son silence consterné, j'expliquai aussi que ce n'était pas le fond de mon livre. Il raconterait davantage les femmes qui vivent autour des condamnés, les femmes au Golgotha. J'avais en tête le visage d'une femme qui se maquille pour assister à une exécution en pensant au dernier regard du condamné qui croiserait le sien.

L'idée semblait étrange à l'auditoire, le procédé aussi. Pouvais-je ne pas partir d'une histoire, mais d'un personnage et, à ce qu'ils comprenaient, du détail d'un personnage ?

— Et après ? me demanda le président.

— Après, je ne sais pas.

À son étonnement, je voyais que mon contrat d'écrivain-associé n'était pas encore signé. Il trouverait facilement, dès le lendemain, des causes d'annulation.

Les deux avocats reconnaissaient que les exécutions soulevaient des passions étranges, souvent malsaines. Il fallait trier les spectateurs qui se pressaient pour y assister. Le juge Edward leur expliqua qu'il m'avait déjà parlé de la femme en noir.

— La femme en noir ! s'exclamèrent-ils avec bonne humeur.

Ils récitèrent en chœur à l'adresse du président :

— Voir l'ombre de la femme en noir, c'est sentir l'aiguille dans ses veines !

— Dans *sa* veine, précisa le juge Edward.

C'est à cet instant, je crois, que je perdis la femme qui se maquille, pour l'avoir trop évoquée, sans lui donner d'autre vérité que ce bleu sur les paupières que je voyais, lui, parfaitement. C'est ainsi que la femme sans nom laissa place à l'écrasante présence de David Dennis dont le nom trempé, forgé, poli à force d'avoir été prononcé, sonnait si juste. La réalité est irrésistible et je n'avais rien à lui opposer, ou si peu.

2

Le juge Edward m'avait plu dès le premier regard. Il nous avait accueillis, le professeur Philip et moi, à l'entrée de Rosebud pour nous conduire à son étonnante maison de verre où il donnait cette soirée en mon honneur. Il était venu nous chercher au portail, sa jeune chienne labrador en laisse. Cette escorte avait autant pour but de me faire connaître les merveilles végétales de la Virginie que de passer un moment avec sa chienne à une époque sensible de son dressage et de lui apprendre à marcher, s'arrêter, s'asseoir. Nous obéissions nous aussi aux injonctions du juge que nous avions mieux intégrées que la chienne qui se permettait quelques écarts, aussitôt réprimés par un coup sec sur le collier.

En marchant, en s'arrêtant puis en repartant au rythme de ses ordres brefs, le juge Edward nous présentait ce que l'Amérique peut offrir de plus beau, la Virginie, Rosebud, une maison de verre au cœur d'une nature inviolée, le Sud dans sa perfection. Il nous disait le nom des plantes et des arbres, qui n'étaient pas des noms latins d'herboristes mais les noms que les pionniers avaient distribués au cours de leur conquête, portés par l'enthousiasme de la découverte, en fonction de leurs espérances ou de leurs nostalgies : le prénom d'une femme chérie, celui d'un enfant mort, tout un vocabulaire familier et étrange qui faisait de la Virginie le cadre d'un nouvel Éden.

— Ce sont nos œuvres d'art, dit le juge Edward avec une fierté que soutenait mon admiration. Ces arbres sont les vrais monuments de l'Amérique. Vous dites ce château est du dix-septième siècle. Nous disons cet arbre a trois mille ans. Celui-ci vient de la nuit des temps, il est à l'origine de Rosebud, ses racines couvrent toute la colline.

C'est à Rosebud qu'il avait demandé à Pamela de l'épouser. Pamela Edward était une ancienne élève de cette université de filles. Elle avait été le témoin des heures les plus prestigieuses de Rosebud quand tout ce que le Sud comptait d'héritières passait par là. Le juge avait adoré les principes de ce club très fermé. L'accent mis sur la nature, l'espace, la contemplation, en faisait déjà à l'époque un lieu unique. Il avait espéré toute sa vie y vivre et puis le conseil d'administration lui avait accordé d'y faire construire la maison de ses rêves parmi les arbres les plus beaux et les plus anciens de la propriété, juste en surplomb du lac.

Le juge Edward expliquait la matière transparente de sa maison et son architecture qui glissait sous les arbres, les contournait, montait à la hauteur de leur frondaison par le souci de respecter la forêt. Un jour la maison disparaîtrait et les arbres n'en garderaient aucune trace. En remerciement de la faveur qui leur avait été faite, Pamela et lui avaient aussitôt fait donation de leur maison à Rosebud.

— Après nous, elle deviendra l'école d'ornithologie de l'université et après... après, elle disparaîtra, sans que nous ayons coupé une branche, blessé un arbre.

Je découvrais la maison dans cet été indien, à la fin d'un après-midi où les arbres projetaient sur les grands vitrages de la façade leur ombre encore verte. L'automne était, d'après le juge Edward, un éblouissement pourpre et doré, et le printemps, au creux des aulnes argentés et des fougères arborescentes, un enchantement. Il ne parlait pas de l'hiver, sa saison préférée, quand tout s'épure. Il profitait de la nudité des arbres pour les dessiner au fusain.

— Nous avons dix maisons pour une, me dit-il en faisant coulisser la porte d'entrée comme on tire un rideau de théâtre.

La haute société de Rosebud — son président,

ses professeurs, ses chercheurs, ses administrateurs, ses bienfaiteurs et ses artistes — s'était offerte à mon regard, aussi figée que sur un mur d'images. Elle semblait en quête d'une reconnaissance immédiate que j'étais bien en peine de lui donner. Je n'avais jamais rencontré de gens qui aient un tel sens de la représentation, du poids de leurs fonctions, une telle conscience de leur propre valeur et qui l'affirmaient avec autant d'assurance. Chacun était quelqu'un et comme leurs noms ne disaient rien à l'étrangère que j'étais, Philip les faisait précéder, pour que j'en mesure l'importance, par « le célèbre », « le fameux », dans un chuchotement que chacun enregistrait avec un léger sourire.

Je ne représentais sans doute rien pour eux, ni en qualité d'écrivain, ni au titre de Française. Ils associaient la France à des temps très anciens ou à un lieu très reculé, l'Europe, où ils distinguaient mieux l'adorable Italie. S'ils pensèrent à quelque chose en me voyant, ce qui n'est même pas certain, c'est bien à l'Italie, à Rome, à un moment de leur jeunesse, à un voyage d'étude, peut-être à un voyage de noces qui les avait conduits jusqu'à Venise ou Florence. À la faveur de mon regard ébloui, la société de Rosebud ne se donnait en spectacle qu'à elle-même. Elle aimait entendre sonner ses noms et ses fonctions, elle appréciait la révérence de Philip à sa juste valeur, celle d'un simple professeur de littérature.

Au milieu de cette cour, le juge Edward apportait une chaleur et une décontraction qui tenaient à sa fonction d'hôte mais qu'elle n'expliquait pas totalement. Une femme que je pris d'abord pour Pamela Edward mais qui n'était qu'une de ses amies se détacha du groupe soudé des femmes qui occupait le fond du salon. Elle vint au-devant de moi avec gentillesse. À ma grande surprise, elle me parla en français. Elle me demanda tout de go ce que je pensais des rapports de la littérature et du cinéma. N'attendant pas la réponse que je tentais de formuler de façon plus ou moins cohérente, elle m'expliqua qu'elle organisait chaque année au musée d'Art moderne de Richmond une semaine du cinéma français.

Elle me demanda ce que j'étais en train d'écrire. C'est au moment où je lui décrivais la femme qui se maquille que le juge Edward nous avait séparées. Il voulait me faire goûter des huîtres de Virginie. Il me prit le bras et m'entraîna dans ce qui devait être une cuisine mais qui n'était, dans cette maison sans cloisons, qu'un prolongement des salons. Il se mit à ouvrir des huîtres au centre d'une aimable émulation masculine dans laquelle je me fondis avec reconnaissance. Je développais pour cette confraternité de buveurs de bière ce que j'avais amorcé avec la dame du musée de Richmond, l'histoire d'une femme qui se maquille avant d'assister à une exécution.

Tout en m'écoutant, le juge faisait un peu de vaisselle. Il mettait à l'abri une porcelaine ancienne, rinçait deux ou trois verres. Je suppose que chez les Edward, on n'était pas en peine de quelques heures de ménage mais l'important était que le juge remplît cette charge et qu'à l'autre bout du salon, Pamela Edward qui n'était pas sortie de sa réserve glacée se montrât ostensiblement oisive. Au milieu des femmes inactives, elle observait de son œil d'oiseau le manège des hommes qui s'empressaient d'apporter au juge une assiette ou un couvert sales. Satisfaite, elle serrait sur ses épaules étroites son mince châle grège.

3

Je restais contre l'évier auprès du juge Edward et je lui demandais, puisqu'il n'avait été question que de cela, ce qu'il pensait de la peine de mort. Il me dit qu'il l'avait parfois ordonnée et que, l'ayant fait, il n'avait jamais douté du bien-fondé de sa décision. Et comme je protestais, il m'avait parlé du droit des victimes. Il recevait le renfort d'autres invités, livreurs de vaisselle improvisés, ou buveurs de bière clandestins qui, d'accord sur l'essentiel, contestaient pourtant que la peine de mort fût appliquée aux malades mentaux et aux mineurs. Ils discutaient tranquillement, tout en jetant les restes des assiettes dans le broyeur de l'évier. J'évoquais l'exécution possible d'un innocent.

— Ah ! l'argument massue des abolitionnistes ! Quel innocent ? Vous vous croyez sur une terre de sauvages où n'importe quel shérif sort son flingue pour faire justice, où des culs-terreux passent une corde autour du cou d'un pauvre

Noir pour le pendre à une branche ? Regardez où vous êtes !

Le juge me montrait d'un geste vaste l'immense maison de verre dont la transparence était comme la preuve absolue qu'ici on ne dissimulait rien.

— Vous pensez que l'on ne rend pas la justice aussi bien qu'en Europe ? de façon aussi démocratique ? dans la plus grande clarté ? Vous croyez qu'il en passe beaucoup, des innocents, à travers les enquêtes et les procès ? Des innocents, j'en ai vu, bardés d'appels, conseillés par les meilleurs avocats avec des dix, quinze ans de procédure, et tout ce qu'ils ont trouvé de faux témoins. Oui, j'en ai vu clamer leur innocence en dépit de toutes les preuves, et jusque dans la salle d'exécution. Mais suffit-il de se dire innocent pour être innocent ?

— Non, mais c'est être innocent que de se croire innocent !

— Que faites-vous de la vérité ? L'innocence ne se décrète pas dans les journaux. Elle se démontre au fil de l'enquête, des analyses scientifiques, du déroulement du procès.

— Alors pourquoi solliciter l'intime conviction des jurés ? Pourquoi doivent-ils voter et quand ils votent à une voix près... est-on innocent ou coupable à une voix près ?

— Parce que vous croyez que les jurés, les juges, les avocats en savent moins que vous, se conduisent moins bien que vous, ont moins de certitudes ou de doutes que vous, qu'ils sont plus sanguinaires que *vous* !

— N'y aurait-il qu'un innocent..., commençai-je.

— Ce serait *un* innocent, voilà tout. Et moi ce qui m'interpelle, me fait mal, me bouleverse, dit-il en baissant le ton et en me désignant de la tête le coin des femmes, c'est *elle*, la mère de Candice, la jeune fille qui a été assassinée.

Il me montrait une femme et je ne la voyais pas. Malgré mes efforts, je n'arrivais pas à mettre un visage sur la mère de Candice. Je l'avais vue et je l'avais oubliée. Je l'avais regardée furtivement pour que mon regard ne pèse pas sur elle et je l'avais oubliée parce qu'on ne regarde pas la mère d'une jeune fille assassinée. J'essaie de me remémorer la tête de toutes les femmes que j'ai rencontrées à cette soirée. La mère de Candice pouvait être chacune d'elles. Peut-être lui ai-je été présentée. Ce devait être une personne normale mais quand on sait, on comprend que cette normalité est une folie.

Je m'étais isolée avec le juge Edward dans un tête-à-tête qui devait sembler trop long et trop exclusif à une société qui pratiquait la distance et la rupture de ton. De saillie en trait d'esprit, de jugement à l'emporte-pièce en réflexion amusée ou réprobatrice, les invités des Edward avaient eu le temps d'épuiser leurs sujets de conversation, à supposer qu'ils eussent encore des sujets à explorer qui ne se soient pas dissous à la longue dans leur interminable cohabitation. Ils étaient tournés vers nous, raides, figés comme des mannequins.

Je n'avais pas mesuré que l'activité ménagère déployée par le juge Edward était une démonstration amoureuse, presque érotique, à l'égard de Pamela Edward, qui devait particulièrement en jouir devant les femmes des professeurs de Rosebud. En m'interposant pour desservir à mon tour, en insistant pour prendre ma part de vaisselle, je brisais un accord subtil. Je me conduisais comme ces femmes ordinaires qui flirtent avec l'homme le plus en vue, je me dissociais du groupe des femmes bien. Je ne jouais pas dans leur camp. Non contente de les humilier, j'affichais une façon d'être qui blessait leur féminité.

Je crois qu'à plusieurs reprises le juge Edward, en refusant que je m'associe à la vaisselle, me le fit sentir. Il tentait de se justifier auprès de Pamela en montrant ostensiblement qu'il faisait tout ce qu'il pouvait pour se débarrasser de moi. Il fut surpris quand, renonçant à la vaisselle, qu'il protégeait de son corps en me barrant l'accès de l'évier, je m'assis près de lui sur le meuble de la cuisine, dans cette posture qui choqua tout le monde et me rendit l'ennemie naturelle des femmes présentes. Elles esquissèrent alors autour de Pamela Edward — je recompose cela de mémoire car, sur le moment, je ne comprenais pas ce qui était en train de se passer — un mouvement tenant de la haie d'honneur et du cercle de protection.

— Il faut exiger, me dit le juge Edward, que chaque fois que la presse diffuse la photo de l'assassin, elle publie aussi la photo de la victime. Et même les photos du cadavre de la victime. Si vous aviez vu le corps de Candice, son visage, vous ne pourriez jamais l'oublier ! Et *elle*, là-bas, elle ne l'oublie pas. Nous ne l'oublierons jamais.

Il se retira sur la terrasse. Il avait brusquement fermé la porte vitrée devant moi, comme pour m'ordonner de ne pas le suivre. Je le vis qui s'allongeait sur une chaise longue. Il attira sa belle chienne, la coucha sur lui. Je contemplais un homme tranquille et sincère qui aimait les nuits étoilées, la justice et les chiens. Il caressa le long ventre blond et la chienne s'abandonna en renversant la tête sur son épaule. Les yeux clos, elle souleva dans un sourire ses babines noires et humides. Alors il lui prit la tête et la baisa passionnément au museau, entre ses lèvres fines et ses incisives minuscules.

4

Maintenant, je comprends ce que la soirée chez le juge Edward avait de symbolique. Entre dix maisons, de celle du président à celle de la veuve de l'écrivain-résident que je remplaçais, en passant par celle du professeur Philip qui me servait de guide, bref entre toutes les combinaisons possibles — je n'exclus pas une réception dans la bibliothèque des étudiantes —, la société de Rosebud avait choisi de me recevoir chez le juge Edward, juge élu du comté, président des juges de Virginie. La maison du juge Edward trônait au milieu des deux mille hectares de Rosebud, face à son lac, au cœur d'une nature si solidement et anciennement enracinée qu'elle avait échappé au dernier ouragan, lui sacrifiant, comme un don à sa fureur, un magnolia d'avant la guerre de Sécession.

Tout le monde à Rosebud vivait dans le culte de l'immensité et de la solitude. La plaquette de Rosebud rappelait qu'elle était la seule université à garantir deux hectares par étudiante. Cet espace contribuait à former une société isolée qui n'ouvrait la bouche que pour s'exprimer, doucement, lentement, dans un bruit soyeux qui ne dérangeait pas. Rosebud ignorait les professeurs qu'elle employait et idolâtrait les étudiantes dont elle tirait la plus haute réputation. Son goût du secret expliquait, par contrecoup, le besoin que cette société avait d'écrire, et l'utilisation sans retenue qu'elle faisait d'écrivains-invités, d'écrivains-résidents, d'écrivains-associés qui se succédaient pour féconder le silence et sortir au forceps, des esprits et des âmes de ses élèves, des œuvres de fiction.

Avec le recul, je pense qu'il s'agissait d'une société profondément dépressive, souffrant de cette forme de mélancolie qui hante les anciens sanas transformés en maisons de repos. C'est au moins ce que j'avais entrevu dans le discours si mesuré du professeur Philip qui me faisait visiter le campus en voiture électrique pour m'en dévoiler toutes les beautés, du lac où j'aperçus un cygne sauvage prendre un lourd envol à la statue de la jeune Rose qui, juchée sur un promontoire, contemplait l'opulente majesté de la baie de Chesapeake.

La jeune Rose, disparue à dix-huit ans en pleine guerre de Sécession et objet de la fondation de Rosebud, était plantée sur un tumulus, ses longs cheveux défaits, coupée en plein élan dans sa course vers l'océan, l'appelant de ses bras pour enserrer l'infini. À ses pieds, les tombes des professeurs de Rosebud. Je relevais des noms, des fonctions, des dates. Ils étaient morts jeunes.

— Le cancer, me dit le professeur Philip.

Il m'avertit qu'il prendrait bientôt sa retraite en France. Il le disait comme on se sauve, n'osant pas y croire. Il lui fallait tenir deux ans encore pendant lesquels le cancer de Rosebud pouvait le rattraper et l'enfermer sous la statue de la jeune Rose, dans la protection de ses bras graciles dont les tempêtes et les ouragans venus de l'océan n'avaient pas altéré le bronze.

J'ai de la reconnaissance pour ce professeur de littérature qui était venu me chercher en plein Kansas pour me confier le poste d'écrivain-associé d'une des plus prestigieuses universités de filles ou du moins de ce que l'on appelle ici un collège. Il me laissa entendre ce qu'était Rosebud. Une maison d'éducation de deux mille hectares pour les riches héritières des énormes porcheries de Caroline du Nord, des immenses poulaillers de Virginie, qui venaient éventer dans la brise océane l'odeur de leur fric. Elles se sauvaient de la dépression ambiante par une sexualité compulsive et un imaginaire convenu qui aboutissaient à des livres imprimés rangés parmi les productions des élèves de

Rosebud, dans une bibliothèque réservée aux élèves de Rosebud qui avaient écrit sur Rosebud.

Les étudiantes se pressaient aux cours de fiction et la fiction entrait dans leur vie. L'étudiante couchait avec l'écrivain-associé. Scandale, exclusion, départ... La plupart du temps, l'écrivain allait dans une autre université exploiter son art de la fiction, même si cela marchait moins bien ailleurs tant Rosebud sécrétait son propre imaginaire et tant il était difficile, je l'éprouve, de parler de Rosebud en dehors de Rosebud. Parfois, c'était arrivé, l'étudiante épousait l'écrivain, elle en avait les moyens et le couple s'enfermait à Rosebud dans sa propre histoire, qui devenait écrasante. Ils ne savaient plus s'ils vivaient ou s'ils écrivaient — sûrement les deux à la fois — l'un précédant l'autre d'une courte tête, à l'affût de leurs impressions et de leurs sentiments, dans un paysage rebattu par tant et tant de romans, de poèmes, de nouvelles, comme dupliqué à l'infini.

À ce jeu, plus jeune, plus spontanée et beaucoup moins cultivée, l'étudiante mettait son professeur-écrivain K.-O. L'écrivain qui avait cru renouveler au premier baiser son potentiel créatif entre les lèvres de son étudiante sombrait dans la dépression. Il était juste propre à gérer les créations des élèves de Rosebud. Le dernier écrivain, celui auquel je succédais, s'était suicidé. Sur sa pierre tombale, on n'avait encore rien inscrit, ni son nom, ni ses dates, ni sa fonction, ni les titres de ses livres, ce qu'il avait exigé dans sa dernière lettre faisant plus crédit à la pierre qu'aux rayonnages des bibliothèques. Pour rompre ce cercle vicieux, Rosebud avait engagé une femme. J'étais censée faire de cette vénérable université féminine une université féministe, tout au moins en laisser courir l'idée.

J'aperçus une jeune fille, et j'étouffai le même cri d'admiration que j'avais poussé devant le cygne du lac. Ravie de découvrir la biche qui vous promet la harde. Avec deux hectares par élève, on était moins sûr à Rosebud de rencontrer une étudiante que de trouver une des biches qui y prospéraient. Dans la cafétéria où j'avais pris mon petit déjeuner, je n'en avais vu aucune. Des buffets somptueux les attendaient. Le personnel se tenait prêt à servir, à réchauffer, à cuire ou à griller tout ce qu'elles demanderaient, jusqu'à décorer leurs glaces — vingt-trois parfums au choix — de vermicelles multicolores et de pralines concassées. Il était peut-être trop tôt, ou bien les cours n'avaient pas encore repris, ou c'était une veille de vacances ou un retour de week-end et elles ne paraissaient pas.

— Chut ! me dit Philip, elle crée.

Je restais stupéfaite de surprendre ainsi la création. Je me disais qu'à Rosebud l'inspiration avait l'exigence du service de la cafétéria. Elle ne demandait rien de moins qu'un lac et des cygnes, une plage et des folies, des chalets d'inspiration, des temples à la nature. La jeune fille créait, seule, allongée sur un ponton, les yeux dans le vague. Elle était rousse, très jeune, et infiniment jolie.

Se poser devant un paysage d'une absolue beauté, une beauté que l'on ne devait pas cadrer comme nous sommes habitués à le faire de peur de voir surgir du laid, une beauté à trois cent soixante degrés, avec la cime des arbres, le ciel et ses oiseaux, une beauté sans trucage, laisser monter ses sentiments, les traduire dans la plus belle façon de les dire, c'est ce qu'à Rosebud on appelait écrire ! M'imaginer devant le lac à scruter sa surface verte où les cygnes glissaient pour faire jaillir à mon tour une seule image, une seule idée, me semblait barbare.

Je fuyais vers l'irrégulier, l'insolite, le bizarre. Je n'avais pas à les chercher, ils étaient en moi, je les laissais monter à la surface. J'avais des choses à leur faire dire. Mais l'élève, la belle jeune fille rousse, étendue sur le ponton juste au-dessous de nous, imaginait peut-être le lac à l'envers et cherchait sa trace sombre dans le ciel. Elle s'évadait elle aussi de toute cette plénitude par une autre impression de plénitude, active et tourmentée. Les lieux de pure beauté destinés à la création sont insupportables à un créateur. Un à un, les professeurs de fiction déprimaient. Aucun ne pensa à se noyer dans le lac. Le dernier s'était tiré une balle dans la tête. Le cancer de Rosebud les délivrait et ils finissaient sous les bras de Miss Rose, embrassés dans le geste qu'elle faisait pour étreindre le monde.

Décidément, devant le lac de Rosebud dont je ne veux décrire ici ni la forme, ni la couleur, ni les contours, ni l'obscur appel, je sus que je ne resterais pas et que je n'écrirais pas sur ce motif imposé. Pourtant, je ne savais pas encore que tout allait bouger autour de moi et que je serais bientôt l'aiguille affolée de la boussole qui perd le nord.

5

C'est alors que nous croisâmes le juge Edward. Dans une voiture électrique semblable à la nôtre, il nous cherchait. Avec un sourire de satisfaction, il dit qu'il savait bien qu'il nous trouverait ici, au bord du lac, dans ce décor si propice à la création. Il suivit notre regard et découvrit à son tour l'étudiante.

— Ah ! dit-il, reprenant mot pour mot l'expression de Philip, elle crée. Vous aurez peut-être la chance de l'avoir dans votre cours.

Il la contemplait avec bonheur et, s'arrachant au spectacle, il me prévint qu'il avait pu arranger un rendez-vous avec David Dennis, l'après-midi même, à Greenleaves.

— Il est très content de rencontrer un écrivain français. Il a demandé si vous étiez une femme.

Il me tendit une grosse enveloppe portant le cachet du tribunal de Norfolk.

— Lisez ces documents. J'ai rassemblé pour vous l'essentiel de l'affaire. Bon courage.

Son regard se porta à nouveau sur la jeune fille. Indifférente, elle n'avait pas battu d'un cil.

— *Sweet and secret,* dit le juge Edward comme un mot de code à l'intention du professeur Philip.

Il m'expliqua, l'air ravi, que le *sweet and secret* était l'ingrédient essentiel du charme des Virginiennes, qui expliquait leur douceur mélancolique, cette impalpable retenue, cette infranchissable distance que l'on prend à tort pour de la hauteur ou du dédain.

— Le *sweet and secret,* c'est toute l'âme féminine du Sud.

— Comment le traduiriez-vous en français ? demandai-je à Philip.

— Le sens ou l'allitération ?

— L'allitération qui serait au plus près du sens.

— Sucre et secret ?

Sans l'angoisse qu'avait provoquée en moi la visite de Rosebud, univers concentrationnaire consacré à la beauté, je ne serais jamais allée à Greenleaves et je n'aurais jamais rencontré David Dennis. Mais tout valait mieux que de rester là à contempler le lac, ses cygnes et la jeune fille. Aller à la prison, c'était aussi piéger la femme à l'œil bleu, l'imaginer plus tard après le maquillage, après qu'elle a revêtu sa robe, au moment où, franchissant la porte de la prison, elle s'installe face à la glace de la chambre d'exécution. C'était revenir dans mon livre, donner du champ à l'écriture, préparer des chapitres nouveaux, avancer.

— Partons, dis-je à Philip.

Longtemps nous sommes restés sur le territoire de Rosebud puis, prenant la direction de Greenleaves, nous avons plongé dans l'Amérique ordinaire. Avec ses routes campagnardes et forestières, sa surabondance végétale, la Virginie avait assez d'attraits pour me captiver pendant une centaine de kilomètres. Je n'ai pensé réellement à Greenleaves que lorsque nous sommes entrés sur le territoire de la prison. Route déserte. Aucune pancarte. Nous étions guidés au téléphone portable par la prison elle-même, qui nous indiquait notre itinéraire. Nous appelions ainsi d'étape en étape comme sur un jeu de piste. La forêt s'arrêta net. Nous roulions dans un no man's land défolié comme une base de fusée, protégé comme le site d'une usine nucléaire.

— Arrêtez-vous, ai-je demandé à Philip. Je ne veux pas aller plus loin.

— Je ne peux pas, notre distance est enregistrée, ils nous attendent dans cinq minutes.

— Partons, revenons à Rosebud.

— Nous ne pouvons plus.

Il avait à peine ralenti, soucieux de parcourir le trajet dans le temps rigoureusement prévu.

Nous avons roulé sur une route rectiligne et

dénudée, en vue de ceux qui nous observaient depuis les miradors. Philip conduisait sans à-coups, gravement plutôt que lentement. On se laissait voir. J'imaginais qu'ils nous scrutaient à l'intérieur de la voiture avec leurs jumelles puissantes et qu'ils examinaient l'expression de nos visages. Je m'efforçais à l'impassibilité. La figure de Philip était neutre.

Il fallut laisser la voiture au parking. Je n'arrivais pas à décoller de mon siège, mais la même obligation qui avait minuté notre parcours exigeait que nous ne nous attardions pas et que nous nous dirigions d'un pas sûr vers l'entrée. Avant de sortir de la voiture, j'abaissai le pare-soleil pour me voir dans la petite glace. Je ne me rappelle pas mon visage. L'angoisse, la douleur empêchent qu'on se voie. D'ailleurs derrière le pare-soleil il n'y avait pas de miroir.

Rien dans ma vie ne me destinait à être ici et pourtant tout dans ma tête me désignait Greenleaves comme l'ultime étape de ma fascination de l'enfermement. Et puis, désormais, j'étais appelée par le désir qui venait de l'autre côté des murs, d'au-delà des barbelés, pas celui qui m'avait poussée jusque-là et qui n'était que la volonté du juge Edward, mais bien le désir de David Dennis qui prenait le relais de façon beaucoup plus exigeante. Le juge Edward m'avait lancée sur la route de Greenleaves. David Dennis me faisait remonter jusqu'à lui de portique en portique, de fouille en attente. Chaque fois, une porte s'ouvrait puis se verrouillait. L'espace, libre jusqu'à la prison, se refermait maintenant derrière moi, élément par élément, avec une minutie qui me fit comprendre qu'il s'agissait moins de me faire entrer que de m'empêcher de sortir.

Il n'était plus question de faire marche arrière. Si je m'étais écoutée, je me serais couchée par terre, repliant bras et jambes. En boule, j'aurais fermé les yeux. Mais j'avançais, j'obéissais aux ordres, attentive à faire tout ce que l'on me demandait, à le faire bien. À écarter les bras et les jambes, à ouvrir mon sac, à retourner mes poches. Reprenant pour mon compte l'allure de la voiture dans le no man's land, l'allure décidée de notre marche vers l'entrée. Je ne suivais plus les conseils de Philip, il était resté dehors. J'agissais toute seule comme on attendait que j'agisse, comme je l'avais fait toute ma vie dans les obligations désagréables.

Cette même détermination intérieure devait conduire les prisonniers, debout, jusqu'à la salle d'exécution. Ils n'y couraient pas comme on se suicide, ils ne se faisaient pas traîner, ils y allaient courageusement. À quel courage s'oblige-t-on pour sortir des tranchées, aller au combat, monter dans des trains qui ne reviendront jamais? Je partageais avec l'humanité une infime part de ce courage. Et c'est courageusement que j'allai voir David Dennis. Jusqu'au dernier moment, je ne pensais qu'à dominer ma peur de rencontrer un condamné à mort, ma trouille de le voir, mon angoisse d'être là, le désir forcené d'être ailleurs. Et je préparais mon visage pour que celui que je ne connaissais pas et que j'appréhendais de rencontrer ne sache jamais à quel point il me terrifiait. À la porte du parloir, je n'étais qu'une victime qui veut fuir.

Coups de téléphone. Un gardien me demanda si je voulais un entretien avec contact ou sans contact. Ma feuille de visite ne le spécifiant pas, je pouvais encore choisir.

— *No contact*, m'entendis-je répondre.

Ce fut le seul non que je proférai. *No contact*, effrayée même que le contraire fût possible. C'est avec soulagement que j'entendis que ma décision se répercutait de proche en proche jusqu'au fond de la prison : *no contact.* On m'enferma dans le parloir et l'on m'installa dans un box derrière une vitre avec un téléphone. J'étais seule dans la pièce. Le box en face était vide. J'attendis.

Je vis d'abord sa silhouette qui passait dans le couloir accompagnée de trois gardiens. Il était en survêtement orange avec une casquette. On le détacha. La taille, les pieds, les mains. Je ne savais pas qu'ils étaient à ce point enchaînés et ma peur se transforma en pitié. Car ce n'était pas une bête, un ours dangereux, un taureau furieux, mais un homme. On alluma. Un jeune homme mince, aimable, souriant, s'assit en face de moi.

— Hello ! me dit-il en prenant son téléphone. Alors comme ça vous êtes écrivain ?

6

— Il est innocent, dis-je en me jetant dans la voiture où Philip m'attendait. Il est innocent et l'exécution est déjà programmée.

— Qui est innocent ? me demanda Philip.

— David Dennis. Il est innocent. C'est une terrible machination.

Les mots se pressaient, ceux de David Dennis que je restituais en bloc. Un étranger venu de New York, un Yankee, un étudiant fauché obligé de gagner l'argent de ses études, que l'on accusait d'un crime qui compromettait les fils de l'élite virginienne. La bonne société, de Norfolk à Richmond, n'avait pas accepté qu'il couche avec une étudiante de Rosebud. La fille avait été punie par les membres d'une Fraternité. On avait bâclé les recherches, occulté des preuves, négligé des témoignages, truqué le rapport d'autopsie. Tout le monde était dedans *jusqu'au cou*, le shérif, le médecin légiste, le procureur haineux qui l'avaient chargé, son avocat commis d'office qui l'avait enfoncé et surtout le juge Edward, qui avait poussé à la condamnation à mort.

En mettant le contact, Philip eut un petit raclement de gorge.

— David Dennis est tout sauf innocent. Son ADN l'accuse formellement.

Je le coupai, péremptoire.

— Normal, il était l'amant de cette fille et il n'a jamais nié avoir eu des rapports sexuels avec elle, y compris la nuit où elle est morte. Mais on n'a pas cherché d'autres preuves, personne n'a songé à analyser ses blessures.

— Vous voulez dire, les morsures sur le corps, sur la figure.

Philip était très calme, je le trouvais presque froid. Soudain il me montrait un autre visage que celui, bienveillant et sensible, auquel je m'étais déjà habituée. Il disait la loi, sans état d'âme, il disait ce qu'il fallait dire quand on était de Rosebud et à Rosebud. Il me l'indiquait précisément, de façon presque mécanique. Je l'avais cru amical et s'il l'avait été il ne l'était plus. En comparaison de ce que je venais de vivre dans la prison, le contraste était flagrant. Je ne retrouvais pas avec Philip cet accord passionné qui s'était établi d'emblée, dans l'urgence, avec David Dennis et qui m'avait entraînée à écouter son histoire, à la comprendre, à y croire.

Rien de plus crédible que ce meurtre rituel

commis par des étudiants en expédition punitive qui, avec perversité, voulaient non seulement châtier à mort la fille qui avait dérogé mais coller le crime sur le dos de l'amant de passage, l'étudiant étranger, le type du Nord et l'enfoncer désespérément dans les arcanes d'une accusation parfaite dont il ne sortirait lui aussi que mort. « Écoutez-moi », m'avait dit David Dennis pour capter davantage mon attention. « Écoutez-moi ! » Et pour lui montrer que j'étais toute à son histoire, j'avais fait encore un mouvement pour me rapprocher de la vitre. « Ils ont réussi leur coup. Où sont-ils maintenant que dix ans ont passé ? Ils sont hommes d'affaires, avocats, tous protégés par la loi, l'argent, la respectabilité. Il y en a même un qui a fait son stage chez mon propre avocat. Et le juge Edward, lui, a fait construire sa baraque en plein Rosebud ! »

Philip, le gentil Philip qui était à côté de moi et qui conduisait si calmement vers la sortie en respectant les indications qui venaient de la prison, faisait partie de la société du juge Edward. Rien qu'il n'ait entrepris pour moi ou avec moi qui n'ait eu l'aval du juge. Je me demandais s'il était prudent de me livrer ainsi et de lui laisser voir à quel point j'étais engagée du côté de David Dennis.

J'adoptais à mon tour une attitude détachée pour l'entendre me parler de la victime. Il me raconta Candice, dix-sept ans, une vraie jeune fille de Virginie qui s'était installée à Rosebud quelques semaines avant le crime. Elle venait de Richmond, la ville où les statues équestres des généraux de la guerre de Sécession montent la garde, tournés vers le Nord s'ils ont vaincu, tournés vers le Sud s'ils sont morts au combat. Comme toutes les débutantes de Richmond, Candice avait descendu dans la robe à crinoline de Scarlett O'Hara le fameux escalier de l'Opéra. Sa mère était la meilleure amie des Edward.

Mon cœur se serrait. Pris dans ce piège, quelle chance David Dennis avait-il eue, de s'en sortir ? Tous les rouages de sa culpabilité désignée et programmée s'engrenaient les uns dans les autres, les dents de la roue qui le rapprochait de la mort rentraient dans d'autres dents taillées sur mesure. Dans cette machination aussi efficace qu'un de ces jeux compliqués de dominos qui s'abattent implacablement jusqu'au dernier, j'apparaissais, dernière figure imposée, comme un pied de nez à l'espérance, alors que le mécanisme de sa mort était déjà enclenché. Philip était lui aussi quelque part dans ce mécanisme, élément isolé mais nécessaire, accordé à la grande figure magistrale. Avec une sorte de répulsion, je l'écoutais raconter l'adolescence exemplaire d'une jeune fille accomplie ayant eu le choix à la fin de ses études entre Sweet Briar, Randolph-Macon et Hollins et dont les parents avaient élu Rosebud sur la fervente recommandation de Pamela Edward, parce qu'elle voulait écrire, devenir plus tard une grande journaliste.

Je me méfiais de Philip, je me méfiais de tout le monde. J'avais peur, d'une peur que j'empruntais à David Dennis lorsqu'il avait appris au téléphone la mort de Candice alors qu'il commençait une nouvelle vie au Maryland. Je tremblais de la colère impuissante qui l'avait fait trembler lorsqu'on l'avait ramené sur les lieux du crime pour l'obliger à mimer les gestes d'un meurtre qu'il n'avait pas commis. Nous avions les mêmes ennemis. Ceux qui l'avaient condamné à mort ne me laisseraient jamais témoigner de son innocence. Je me concentrais sur les moyens dont je devrais user pour m'en sortir. Je ne devais pas retourner à Rosebud mais trouver un endroit d'où appeler la mère de David Dennis pour la prévenir de ma présence et, si elle le souhaitait, venir la rejoindre en Caroline du Nord. J'avais inscrit dans ma main son numéro de téléphone. Je ne savais comment le dire, sans que cela portât à conséquence. Je me demandais même si j'avais le droit de posséder ce numéro, si Philip ne s'en servirait pas contre David Dennis.

J'attendis que l'on fût sorti de la zone protégée de la prison, hors des caméras et des jumelles, du contact téléphonique. Lorsque nous croisâmes quelques voitures, je demandai à Philip d'arrêter, de me laisser là. Il me dit qu'en Virginie on ne laissait pas les gens sur le bord de la route.

Ma panique déborda. Je m'imaginais dans la ligne de l'histoire de David Dennis, ramenée de force à Rosebud, séquestrée, assassinée, jetée au fond du lac, oubliée. Je n'arrivais plus à me maîtriser. Mon corps me commandait de partir. Je tentais de défaire ma ceinture de sécurité et d'ouvrir la portière. Sans la fermeture centrale, je me serais jetée dehors. Quand le bras de Philip vint se mettre en travers de mon corps pour m'empêcher de manipuler la poignée que je secouais, je criai. J'entends ce cri qui partait du ventre et qui m'écorchait la gorge.

7

Devant le fast-food où Philip s'arrêta, un peu plus loin, je tremblais encore. J'avais enfin l'occasion de partir en courant et je n'arrivais pas à mettre un pied devant l'autre. Ce n'était plus cette torpeur molle qui m'avait accablée en entrant dans la prison et qui avait fait de moi une visiteuse modèle. J'avançais comme un pantin, contractée, la tête dans le cou, avec une raideur sèche et mécanique. Face à Philip, de l'autre côté de la table où nous nous étions installés, je hoquetais de peur.

Philip parla. Il me dit qu'il comprenait mon émotion. Que les visites dans ces lieux-là étaient terribles. Qu'il m'avait admirée de vouloir y entrer. Qu'il m'imaginait mieux préparée à ce que j'allais y trouver. Ma façon de parler de la femme qui assiste aux exécutions lui avait laissé entendre, à lui et aux autres, que j'en savais plus sur le sujet, que j'en étais même familière. Ils n'auraient pas dû m'y laisser aller, en tout cas pas si vite, pas sans m'avoir mise au courant de l'affaire. Le juge Edward m'avait préparé un dossier. J'aurais dû le lire avant de rencontrer David Dennis, même s'il comprenait que dans un souci d'équité je ne voulusse pas avoir de préjugés. Mais ce qui était bien dans la vie ne l'était pas dans cette circonstance particulière où j'avais eu à affronter un homme diabolique qui, comme tous les pervers sexuels, était un grand manipulateur.

Lui, Philip, connaissait l'histoire de A à Z. Le crime, l'enquête, le procès, il avait tout vécu, heure par heure, bien forcé, aux premières loges dans un Rosebud que cette histoire avait bouleversé. Il avait vu David Dennis, il l'avait entendu affronter plein de morgue la société de Rosebud et, pis, narguer la mère de Candice en lui laissant entendre que sa fille n'était pas une oie blanche. Il n'avait pas été le premier, il l'avait eue après beaucoup d'autres et il se pouvait que la nuit fatale plusieurs lui fussent passés dessus après lui. En conséquence de quoi, il avait demandé des tests ADN complémentaires pour déterminer les différents spermes présents dans son vagin.

Je demandai un verre d'alcool à la serveuse. Elle prit un air courroucé, prête à appeler les flics. Philip s'empressa de la rassurer, il lui expliqua que j'étais étrangère et que j'ignorais que l'alcool était interdit de vente et de consommation publique. La fille ne se calma pas complètement, l'idée d'aller chercher les flics lui trottait toujours dans la tête et elle entreprit depuis la caisse une surveillance inquiète. Philip choisit pour moi une glace à l'ananas confit avec un coulis de cerise.

— Quelque chose de très sucré vous fera du bien. Un petit shoot, mieux que l'alcool, vous verrez.

Il me traitait comme une de ses étudiantes, qu'il consolait faute de pouvoir les serrer dans ses bras, avec des bonbons, des marshmallows, de petits crocodiles translucides en gélatine, des M&M's multicolores. En vingt ans de pratique, il avait observé que le bonbon était ce qui marchait le mieux en cas de doute existentiel. Accepté, il occupait matériellement la bouche, éteignait les revendications, apaisait les larmes. La jeune fille chagrinée entrait en phase avec un plaisir qui, au fur et à mesure de la succion, prenait de la consistance et faisait de sa bouche le centre du plaisir. Peu refusaient le deuxième bonbon. Elles s'exprimaient alors plus sereinement, l'avenir paraissait moins sombre. « Il n'y a pas de problème, il n'y a que des solutions », tentait alors Philip en encourageant une troisième prise.

— C'est chimique, me dit Philip en caressant ma main qui portait l'ananas confit à ma bouche avec avidité. Que voulez-vous faire ?

Je lui dis que j'avais promis à David Dennis d'appeler sa mère pour lui raconter notre rencontre.

— Vous devez le faire, me dit Philip et il me tendit son portable, que je refusai. Il vaut mieux l'appeler maintenant que plus tard, pour elle cela aura plus de sens. À travers vous, elle le sentira proche, presque présent.

Je pris le téléphone. Comment s'adresse-t-on à la mère d'un condamné à mort? Un condamné dans la phase du compte à rebours.

— Allô !

— Je voudrais parler à Mme Dennis.

— De la part de qui?

— De la part d'Aurore Amer. Je veux lui dire que j'ai vu son fils cet après-midi à Greenleaves et qu'il va bien.

— Attendez, ne quittez pas... Martha, c'est quelqu'un qui vient de voir David...

— Allô ! vous avez vu David? Je suis sa mère.

— Oui, je l'ai vu, il va bien, il a bon moral, il m'a dit de vous le dire.

— Vous êtes son avocate?

— Non, je suis écrivain.

— On attend son nouvel avocat. Qu'est-ce qu'il fait avec vous, il a besoin d'un avocat. Alors, il va bien?

— Il va très bien.

Je l'entendis qui pleurait. Derrière, l'autre femme n'arrêtait pas de parler. Elle lui disait de me demander pourquoi j'étais allée le voir, si j'allais écrire un livre sur lui, de me prévenir que les droits sur son histoire étaient déjà vendus. De me demander comment j'avais pu parvenir jusqu'à lui, qui avait arrangé la rencontre, avec quelle autorisation ?... La mère pliait sous le flot des interrogations de l'autre femme.

— Madame, venez, s'il vous plaît, venez. Je ne peux pas aller le voir, nous n'avons plus d'avocat et sans avocat, vous comprenez, l'interdiction de séjour en Virginie ne peut être levée. Nous ne sommes pas loin, juste à la frontière, cela ne vous fera pas loin, madame, s'il y a des frais, on les prendra. Venez, madame.

Elle pleurait. Elle ne pouvait rien ajouter. L'autre femme prit le combiné et me dit de venir, que c'était important pour la mère de David et que l'on pourrait discuter. Que je leur expliquerais pourquoi je m'intéressais à Davis Dennis. Elle me donna l'adresse d'un motel à Nags Head. Je promis d'arriver le soir même.

8

Philip écoutait. Il savait donc que je m'étais engagée à retrouver la mère de David en Caroline du Nord. Il m'expliqua que Nags Head était construite sur une longue péninsule très étroite prise entre l'océan et des lagunes. Une jolie villégiature que le dernier ouragan avait totalement dévastée.

— C'est une drôle d'idée d'aller vivre dans un trou que tout le monde a déserté !

Je lui dis qu'il pouvait me reconduire jusqu'à Norfolk qui était sur la route de Rosebud et qu'à Norfolk je trouverais bien une solution. Il haussa les épaules.

— Ce n'est pas un problème. Si vous voulez aller à Nags Head, je vais vous y conduire.

Nous reprîmes la route, et de nouveau mon attention fut captée par tout ce que je pouvais saisir de l'Amérique. Tout m'intéressait, la couleur des arbres dans ce superbe été indien, les faubourgs interminables aux maisonnettes de bois si tendrement coloriées devant lesquelles flottaient des drapeaux sudistes. Au nord de Norfolk, je repérais le domaine de Rosebud, son terrain de golf, sa forêt dans laquelle le juge Edward avait fait édifier sa maison de verre et puis sur le promontoire, au-dessus de l'océan, la jeune Rose, frêle statue de la liberté qui esquissait un pas de danse, les bras encorbellés.

— Pas de regrets ? me demanda Philip en ralentissant. Même pas un détour pour prendre votre valise ?

Je me crispais, les mâchoires serrées, impatiente d'échapper à Rosebud.

— Mais vous-même ? lui demandai-je. Pour votre carrière, n'avez-vous pas intérêt à me déposer ici ?

— Ma carrière ! ironisa-t-il. Dans deux ans, je ne serai plus là, je n'y reviendrai plus, Rosebud m'oubliera. Ce qui me cause du souci, c'est vous. Après ce que vous avez vécu aujourd'hui, vous allez passer le cran au-dessus. Il faut que je vous mette en garde contre les deux femmes que vous allez rencontrer. Ce sont de méchantes folles, hystériques, mythomanes, déjantées. La mère de Dennis concentre sur elle toutes les circonstances atténuantes dont son fils aurait eu besoin. Rosario Aguirre, la bibliothécaire, elle, a été condamnée pour faux témoignage. Elle a juré sous serment que David Dennis était un élève parfait, consciencieux et modèle. Or il n'est jamais entré dans sa bibliothèque, mieux, il n'y a jamais été inscrit, et vous savez pourquoi : parce que David Dennis n'a jamais été étudiant chez nous.

— À Rosebud ? Je croyais l'université réservée aux filles.

— Non, à Stone, le pendant masculin de Rosebud, l'université de Norfolk. Les filles de Rosebud sortent traditionnellement avec les garçons de Stone. Pendant le premier mois de sa scolarité supposée à Stone, de son affiliation à une Fraternité de Stone, David Dennis était serveur, plagiste, loueur de matelas et de bateaux à Virginia Beach. C'est là que le corps de Candice a été retrouvé.

Je résistais de toutes mes forces.

— Tous les étudiants font des petits boulots. Aux USA, tous les serveurs sont étudiants.

— Le hic, me dit Philip, c'est que David Dennis n'était que serveur !

— Il allait s'inscrire, il attendait d'avoir assez d'argent pour s'inscrire.

— Vous vous entendrez bien avec Rosario. Depuis le procès, elle a tout abandonné pour se consacrer à David Dennis. Je ne voudrais pas que vous fassiez la même erreur, même si je sais que dans votre cas vous ne perdrez pas autant de temps. L'affaire David Dennis sera définitivement close dans trois semaines, jour pour jour la date de l'assassinat de Candice. Bel anniversaire ! Si cela peut donner de la matière à votre livre... Avec la mère et la bibliothécaire vous allez être servie, il ne vous manquera plus pour vos femmes au Golgotha que de découvrir Heather Heath, la troisième larronne !

Il ironisait et je ne sais ce qui me choquait le plus, qu'il plaisantât sur ce qui allait se passer ou qu'il réduisît ma création à une simple documentation. J'étais blessée comme quelqu'un que l'on a forcé à révéler un secret que l'on retourne ensuite contre lui. À la question ressassée : « Qu'est-ce que vous écrivez ? », j'avais honnêtement répondu en décrivant la femme qui se maquille pour assister à une exécution. Cette image, concrétisée par le juge Edward, m'avait conduite dans le couloir de la mort et me précipitait maintenant vers ces inconnues qui pleuraient au téléphone. Tous ceux que j'avais rencontrés s'étaient emparés du livre que j'écrivais et l'écrivaient à travers moi, en me tenant la main, à une vitesse que je ne contrôlais plus. Ils anticipaient, dirigeaient ce que j'allais dire. Ils faisaient mon livre à ma place et je ne comprenais pas ce qu'ils me faisaient écrire.

Je voulais reprendre mon propre rythme avec cet effort douloureux que l'on fait pour retrouver un rêve quand on a été brutalement réveillé. D'expérience, je savais qu'on ne le reprenait jamais et que le rêve interrompu restait fixe et obsédant parce que inachevé. Dans de très rares cas, si l'on arrivait à se rendormir, on trafiquait alors une histoire mal ficelée qui n'avait jamais la cohérence illogique de son premier jet. Le professeur de littérature Philip pouvait-il comprendre cela ?

Je n'aimais pas non plus qu'il s'appropriât l'expression de femmes au Golgotha dont je me servais moi-même très rarement, avec une émotion scandalisée, un violent sentiment de transgression comme chaque fois que j'osais associer une pensée religieuse à une réalité triviale. Dans la bouche de Philip, « femmes au Golgotha » n'était même pas sacrilège. En y mettant de l'onction, il en faisait quelque chose de ridicule et de boursouflé qui m'atteignait d'autant plus que la rencontre avec David Dennis avait ravivé en moi la religiosité scandaleuse de cette image.

L'apparition de David Dennis, auréolée par la mauvaise lumière du parloir, son sourire merveilleux étaient déjà bouleversants. Mais sa condamnation à mort, malgré son innocence proclamée, ce calvaire qu'avaient été ces longues années dans le couloir de la mort justifiaient totalement à mes yeux que les femmes qui l'accompagneraient fussent justement des femmes au Golgotha.

Nous roulions toujours, longeant des champs de coton qui à cette époque de l'année étaient couverts d'arbustes secs qui explosaient de boules blanches. Toute la légende du Sud était là. Le tabac, le coton, mais plus d'esclaves dans les champs, une machine arrachait les boules duveteuses. Je découvrais la présence du coton aux boules si douces sur des tiges si dures avec leurs feuilles sèches qui blessent les mains. Je me rappelais les ballots énormes et lourds que les femmes coiffées de mouchoirs transportaient jusqu'au soir dans la chaleur du Sud. Je connaissais la tradition des bouteilles enterrées pour leur conserver un peu de fraîcheur ou du baquet d'eau que le maître faisait apporter dans une charrette pour abreuver les femmes. Mais ici, il n'y avait qu'une machine qui travaillait et parce que je voyais le coton tout le reste me revenait et je comprenais le Sud tel qu'en lui-même. Le Sud, pas l'Amérique, car je m'étais fourvoyée depuis le début en cherchant ici une image de l'Amérique. Il n'y avait que le Sud, le Sud persistant, immortel, indomptable. Le Sud, unique, en sécession de l'Amérique.

David Dennis m'avait révélé la solitude ancestrale du Sud, son fonctionnement névrotique qui tenait à sa haine du Nord. Ceux qui venaient du Nord étaient encore traités de Yankees, avec le même mépris qu'autrefois. Et le drapeau confédéré qui remplaçait partout le drapeau américain n'était pas qu'un emblème régional. Il disait que le pays se souvenait, qu'il n'avait pas accepté sa défaite. Le gouverneur de Virginie faisait campagne sur la peine de mort, promettant encore plus d'exécutions pour libérer le contribuable. Il n'y avait plus d'esclaves mais il restait assez d'étrangers pour régler les comptes.

La nuit tombait quand nous entrâmes en Caroline du Nord. Nous longeâmes la côte sans voir la mer. La plage infinie de Nags Head était bordée de maisons de bois que l'ouragan avait brisées et éparpillées comme des allumettes. Nous pénétrâmes dans une petite bourgade saccagée aux boutiques protégées par des rideaux de fer. Vieilles publicités immobilières, fast-food, aquarium, équipements de surf. Comme partout, aussi décevant que partout. Le motel était posé sur la plage. En dur, il avait résisté aux intempéries. Il avait l'aspect et l'odeur de ces bateaux rafistolés qui ne tiennent que par une épaisse couche de peinture huileuse qui donne la nausée. Quelques voitures sur le parking, des Jeep, des camionnettes, des 4 × 4 armés de cannes à pêche.

— Alors ? me demanda Philip.

J'étais déjà sortie. J'avais choisi mon camp. Je voulais qu'il parte.

— N'oubliez pas le dossier, me dit-il en me tendant la grosse enveloppe marron.

9

Comme elles me l'avaient promis, elles m'attendaient. Elles m'ouvrirent tout de suite. Elles étaient l'une derrière l'autre, Rosario dans l'entrée, Martha plus loin, entre les lits. C'est elle que je remarquais d'abord. Sur son visage passait ce fameux air de famille si vaporeux, si flottant qu'il est impossible de l'ajuster trait pour trait et que l'on perd si l'on cherche à faire coïncider les visages pour les arrimer l'un à l'autre. J'eus seulement le sentiment de voir David Dennis, comme je l'avais aperçu quelques heures plus tôt dans le parloir avant qu'on allumât, comme pour une mise en scène, la lampe au-dessus de sa tête. Martha était dans un contre-jour crépusculaire. Derrière elle, il n'y avait que le halo luminescent de la mer. Rosario alluma le plafonnier et je perdis le visage de David Dennis.

Martha me regardait avec une intensité émue, comme si mes propres traits allaient refléter le visage de son fils. Elle me scrutait sans me voir.

Elle interrogeait mes yeux, ma bouche, la couleur de ma peau. Elle me dit plus tard qu'elle m'avait trouvée très pâle et que cette pâleur avait suffi à la désespérer.

Je n'osais ni bouger ni parler. Je me tenais comme dans une maison endeuillée : silencieuse et contrainte, anxieuse de réveiller la douleur par ma seule présence. J'éteignis tout signe de vie, étouffai mes mouvements, voilai mes regards. Je tentais d'oublier qu'elles étaient en deuil depuis dix ans — une année de procès, neuf ans de couloir de la mort — et que depuis dix ans la douleur se réveillait à toute occasion, à toute heure, à tout propos. Elles étaient trop souvent en alerte, trop souvent mises à mal pour que ma présence pût ajouter à leur détresse. Je dis :

— Il va bien. Il m'a dit de vous dire qu'il allait bien, de ne pas vous inquiéter. Il m'a dit de vous dire qu'il avait le moral.

— Mais *vous*, me demanda Rosario, comment l'avez-vous trouvé ?

— Bien, répliquai-je, très bien. Il était souriant, très calme. J'ajoutai à l'intention de Martha : Je l'ai trouvé charmant.

Déjà, je cachais son inquiétante pâleur, sa trop grande minceur et, ce qui m'avait le plus frappée, ses mains gonflées et rouges.

— Comment sont ses cheveux ? demanda Martha.

Dans sa main qu'elle levait vers moi, il y avait une esquisse de caresse, comme si elle avait voulu remettre une mèche en place ou plaquer doucement mes cheveux en arrière.

Ses cheveux ? Je ne m'en souvenais pas. Je faisais un effort pour me rappeler comment ils étaient. Je ne les avais pas vus. Seules des photos d'archives m'apprendraient plus tard que David Dennis était blond. Pendant tout notre entretien, il avait porté une casquette, la casquette orange des condamnés, vissée bas sur le front, la visière déformée à la mode. Il ne l'avait pas enlevée.

— Il avait une casquette, répondis-je à Martha.

Je n'insistais pas sur la couleur. Je ne voulais pas lui rappeler le couloir de la mort. Après tout, dit comme cela, il pouvait s'agir d'une casquette de base-ball, un objet personnel, quelque chose de civil qu'il aurait échangé ou acheté pour se distraire de l'ordinaire.

Rosario me dit que mon coup de fil les avait inquiétées. Depuis que la date de l'exécution avait paru dans la presse, elles recevaient beaucoup d'appels de journalistes qui voulaient les interviewer ou d'écrivains qui voulaient raconter leur histoire.

— Des chiens, dit-elle. Ils n'ont pas voulu nous recevoir pendant dix ans et maintenant ils se précipitent, mais c'est trop tard.

Elle leur apprenait que les droits de l'histoire de David Dennis avaient été vendus à Heather Heath elle-même. Elle les mettait à la porte.

Je répétais qu'en aucune façon je ne désirais raconter l'histoire d'un condamné dont j'ignorais l'existence quelques heures plus tôt. La présence obsédante de David Dennis puis celle de ces femmes donnaient le coup de grâce à un vague projet auquel je ne tenais que parce qu'il avait un rapport très intime, presque secret, avec ma propre histoire. Écrire, c'est se débarrasser du réel. Et ici, le réel prenait tellement de place qu'il m'empêcherait d'écrire.

— Je ne suis pas journaliste, crus-je bon de préciser, et je ne peux écrire que sur les gens et les événements que j'invente.

Devant Rosario et Martha, je déposais les armes. J'étais un écrivain qui ne peut pas écrire, un scorpion sans dard, un serpent sans venin. Je faisais la preuve de mon innocuité et surtout je n'entrais pas sur le territoire de Heather Heath qui, en bonne journaliste et sous prétexte de faire éclater la vérité, ferait de David Dennis le héros d'une formidable fiction.

Je ne sais pas si mes protestations avaient rassuré Rosario. Elle restait beaucoup plus tendue que Martha que l'émotion, à force, avait adoucie, presque amollie. Je racontais que je n'étais en Virginie que depuis une semaine mais que je vivais aux USA depuis six mois. J'habitais alors au Kansas. J'avais été recrutée pour être l'écrivain-associé de Rosebud. Elles se raidirent. Je noyais le poisson, je parlais du professeur Philip, elles ne s'en souvenaient pas. Il fallut prononcer le nom du juge Edward. Elles furent consternées.

— Alors, me dit Rosario, on vous a bourré le crâne. C'est Edward qui a jugé l'affaire, d'une façon inique, en parfaite collusion avec tous les puissants de Virginie. C'est lui qui a fait condamner David au maximum. En récompense de quoi, il trône maintenant dans Rosebud.

Elle se trompait, je ne savais rien sur David Dennis et, avant de le rencontrer, je ne savais même pas s'il était noir ou blanc, jeune ou vieux. Je n'avais même pas voulu savoir de quoi il était accusé. Je n'avais pas ouvert son dossier.

— Un tissu de mensonges, une infamie, répéta Rosario, une horrible manipulation. Tout le monde y a trempé.

Que j'aie pu rencontrer David Dennis renforçait leur suspicion car Heather Heath elle-même n'avait pas eu cette chance. Sans l'intervention du juge Edward, personne ne pouvait rencontrer un condamné trois semaines avant son exécution. Je ne le niais pas, c'est effectivement lui qui m'avait obtenu cette permission.

Rosario suspectait que le juge Edward, en m'incitant à écrire un livre sur David Dennis, eût voulu par une ultime manipulation ouvrir un contre-feu aux révélations de Heather Heath. Nous étions revenues à la case départ. J'étais à nouveau soupçonnée de vouloir nuire. Alors que je tentais de ramener un peu de sérénité dans ce discours en disant que je ne voyais pas chez le juge Edward de dessein si tortueux, que ma visite à Greenleaves s'était décidée au cours d'une discussion où j'exprimais fermement mon opposition à la peine de mort, je me rappelais que j'avais entre les mains la fameuse enveloppe marron, constituée pièce à pièce par le juge Edward.

10

Si je suis restée ce soir-là à Nags Head, c'est qu'il m'était impossible de repartir. La méfiance de Rosario et la déception de Martha semblaient définitives. Elles m'en voulaient profondément de ne pas leur avoir dévoilé cet itinéraire qui, passant par Rosebud et le juge Edward, faisait de moi une alliée désignée de la partie adverse. Elles me soupçonnaient, au lieu de partager leurs derniers efforts pour le sauver, de vouloir coûte que coûte m'emparer de l'histoire de David et de m'installer dans leur vie comme un coucou pour nourrir mon roman de tout ce qu'elles feraient ou diraient. De mon côté, la présence de ces femmes hostiles troublait l'image que je gardais de David Dennis. Il était tellement mieux qu'elles, tellement plus fin, plus intelligent. Elles le desservaient par leur plaidoyer permanent et désespéré.

Je me suis installée dans la chambre qu'elles m'avaient retenue près de la leur, entre la coursive qui donnait sur le parking et un balcon avec vue sur la mer. Je n'avais qu'un sac, un passeport, une carte bleue et quelques dollars, et je portais les vêtements que j'avais choisis ce matin pour ma balade dans Rosebud et quelques brasses à Virginia Beach : un maillot de bain, un ensemble de toile et des sandales. J'ai amorcé le rituel que j'allais désormais accomplir chaque soir : laver mes vêtements dans le lavabo, les essorer dans une serviette puis les mettre à sécher devant le climatiseur.

Un ramdam de cris rauques et perçants me réveilla. En écartant le rideau, je ne vis pas la plage mais un effrayant rassemblement d'oiseaux qui couvrait le sable entre le motel et la mer, les yeux fixés dans la direction de nos balcons. La porte-fenêtre de mes voisines coulissa et une main lança des morceaux de pain que les oiseaux se disputaient et s'arrachaient en vol. Devant cet acharnement, cette violence accrue par le nombre, je refermai le rideau. La vitre fut ébranlée par un bruit si sourd que je pensais qu'elle avait explosé.

Une mouette en chasse était tombée sur le balcon, son envergure l'empêchait de reprendre son vol. Ses ailes battaient contre la vitre, elle émettait un cri strident qui ameutait d'autres oiseaux perchés sur la rambarde. Elle se défendait de son grand bec jaune recourbé, piquant tout ce qui l'approchait, ses ailes étendues comme un long éventail. Son œil pâle, à peine vert, ne cillait pas. Pour l'envelopper, une serviette de toilette aurait été trop petite, un drap trop mince. J'empoignai le couvre-pieds et l'en recouvris, j'en rassemblai les pans pour les attacher. Je ne m'attendais pas à ce que la mouette fût si lourde. Je la lâchai, l'enveloppai encore. J'arrivai à la soulever et je la fis basculer depuis le balcon, la jetant parmi ses congénères qui poussaient des cris de colère.

Du balcon d'à côté, Rosario me regardait. C'était une petite femme sèche aux cheveux très noirs et aux yeux presque aussi pâles que ceux de la mouette. Elle m'avait observée pendant toute l'opération, sans un mot et sans un geste. Elle avait dû mesurer à quel point toucher l'oiseau qu'elle appâtait quelques minutes plus tôt me répugnait. Frôler les plumes et, pis, enfoncer mes doigts dans le duvet épais et huileux du cou reptilien, me soulevait encore de dégoût. Elle l'avait bien vu, je n'avais pas libéré la mouette, je l'avais balancée pour m'en débarrasser, trouvant dans ma répulsion la force de la saisir et de la jeter.

— Vous êtes courageuse, me dit-elle.

C'était un signe, presque une reconnaissance. Rosario ressemblait à un oiseau. Elle avait la sécheresse jabotée et gonflée des femmes qui ne sont plus jeunes et, je devais m'en rendre compte plus tard, les jambes très maigres, tendineuses, avec une peau écailleuse. Mais à cet instant, ce qui me fascinait le plus c'est que, malgré son œil de mouette, elle avait le plumage noir des corbeaux qui se mêlaient aux oiseaux marins pour voler leur nourriture. Hantée par cette image, ce n'est plus à elle que je pensais mais aux corbeaux que l'on trouve dans tous les coins du globe comme le signe familier d'une universelle vitalité. Ceux de Caroline du Nord étaient très grands, bien charpentés avec de larges épaules.

Martha parut derrière Rosario, mon cœur battit. Je ne lui trouvais plus la ressemblance qui m'avait sauté aux yeux la veille. En plein jour, le visage du fils et celui de la mère se dissociaient, divorçaient l'un de l'autre. La ressemblance s'était évanouie ou égarée, je ne la retrouvais que par instants, quand je ne la cherchais pas, surtout lorsque Martha souriait car David Dennis m'avait beaucoup souri. Nous restâmes accoudées chacune dans notre loggia à observer les oiseaux. Rosario provoqua encore un charivari monstre en jetant un morceau de croissant. Un 4 × 4 qui traversait fit envoler toute la volaille. Un pêcheur planta ses cannes dans le sable et nous le regardâmes avec tous les oiseaux qui s'étaient maintenant rassemblés autour de lui et qui attendaient le poisson.

— Vous voulez une tasse de café ? me demanda Martha en me tendant un *mug*. Ce fut le traité de paix.

Nous buvions, Martha et moi, notre café face à la mer, sans nous regarder, l'une à côté de l'autre, sans nous toucher, comme la veille encore je parlais à David Dennis sans le toucher. *Contact or no contact ?* m'avait demandé la dernière gardienne, après une énième porte, une énième fouille. Du coin de l'œil j'avais entrevu le parloir particulier, les deux fauteuils de rotin de part et d'autre d'une table basse. *No contact,* avais-je répondu avec toute la détermination dont j'étais capable et je m'étais dirigée vivement à l'opposé du petit salon, pour me faire enfermer dans une cabine de verre. Je voulais me protéger, rester extérieure, et n'ayant jamais touché le prisonnier, qu'il me fût plus facile de l'oublier.

Je ne savais pas que, lorsque la cabine qui était en vis-à-vis s'éclairerait, lorsque David Dennis entrerait de son côté dans son box, lorsque nous décrocherions de part et d'autre de la vitre scellée notre téléphone, nous nous rapprocherions par réflexe pour mieux nous entendre. Je ne savais pas que pendant toute notre conversation nous serions joue à joue, épaule contre épaule, à peine séparés par l'épaisseur du verre. Je préférais entendre sa voix à travers la vitre plutôt qu'au moyen du téléphone qui la rendait irréelle, comme venue de l'autre bout de la terre alors que je voyais les mots se former sur ses lèvres.

J'étais appuyée contre le muret de séparation des balcons, hanche contre hanche avec Martha. Quand j'avais quitté David Dennis en lui demandant comme à un ami à qui je devais aide et protection ce que je pouvais faire pour lui, et aussi ce qui lui manquait le plus derrière toute cette transparence armée, ce plexiglas omniprésent, il m'avait dit : « Le contact ». Cela faisait dix ans qu'il était ligoté, enchaîné, isolé, dix ans que plus personne ne le touchait que pour l'attacher ou le détacher. J'aurais pu lui donner ce contact, il aurait suffi que je le demande en entrant, maintenant il était trop tard et plus personne ne le toucherait.

Peut-être m'avait-il parlé de contact parce qu'il savait, averti comme il était du moindre détail du règlement, que c'était moi et non l'administration qui avais refusé le petit salon. Peut-être voulait-il me le faire regretter. En me raisonnant, je me persuadais que les fauteuils n'avaient pas été placés par hasard et qu'il aurait été sans doute impossible de les rapprocher. Je ne vois pas comment je serais arrivée à le toucher, car « contact » ici ne signifiait pas prendre la main d'un malade ou d'un mourant pour la tenir jusqu'à la fin, la caresser ou l'embrasser pour un dernier adieu. À voir les précautions prises pour une rencontre « sans contact », avec un gardien dans son dos tout le long de l'entretien, et un autre dans le mien, qui faisait le va-et-vient et dont je voyais le reflet dans la glace, si sombre parfois qu'il cachait David, je mesurais que nous aurions été encore plus séparés, entourés et écoutés dans le faux salon. Nous n'aurions pu nous parler que le dos raide et la bouche serrée, inquiets de tout ce qui dans notre attitude aurait alerté les gardiens aux aguets. Je ne l'avais pas touché, mais de part et d'autre de la vitre nous nous étions serrés l'un contre l'autre. Il n'avait pas senti la chaleur de ma joue, mais je ressens encore le froid de la vitre et cela me rappelle comme il a été proche.

11

Je leur demandai depuis quand elles étaient là.

— Un mois, me répondit Martha. Depuis l'ouragan.

Elles étaient pratiquement seules dans l'établissement avec les pêcheurs de passage et les agents d'assurances qui venaient constater les dégâts. Le motel leur faisait un prix mais tout était fermé, il n'y avait plus une boutique, un magasin ouverts. Elles allaient se ravitailler à la station-service, qui faisait dépôt de glace et de journaux.

— C'est une bonne base arrière, expliqua Rosario. On est tout près de la Virginie, à deux heures de David en cas d'urgence, sans l'inconvénient d'habiter Norfolk où nous vivions et de voir se réveiller, maintenant que la date de l'exécution a été publiée, la cruauté et la haine que la population a manifestées au moment du procès.

— On a beaucoup bourlingué, ajouta Martha.

On est allées de-ci de-là sans jamais s'arrêter. C'est la fin du voyage. Je ne voudrais plus jamais bouger.

Ce que serait ma vie à leur côté m'apparut alors, avec ces attentes interminables, ces silences implacables. Tôt levée, tôt couchée, sur une plage hors saison, déconnectée de tout, le regard sur les vapeurs de la mer en quête de la distraction d'un oiseau ou d'un pêcheur alors que là-bas, à quelques kilomètres, la vie, la mort sur ses talons, s'accélérait. Deux temps qui ne coïncidaient pas, des durées qui ne s'ajustaient pas. J'étais tombée dans une histoire que tout le monde s'efforçait de falsifier en me la racontant à sa façon. J'étais désormais contrainte de tout arracher au silence armé de Rosario et de rechercher dans les larmes de Martha la source de son chagrin.

— Je suis contente, me dit Martha, que vous soyez française.

Elle était née en France à la fin de la guerre, d'une mère normande et d'un père américain, un GI, précisa-t-elle. Sa mère l'avait amenée aux USA quand elle avait sept ans. Quand elles avaient pu remettre la main sur le héros, il avait refait sa vie. Il était marié, père de famille, trois garçons au crâne rasé. Il avait pris vingt kilos et tenait une boutique d'articles ménagers dans le Kansas. Il leur avait dit sans acrimonie mais avec une détermination lente et lourde « qu'il ne pouvait rien pour elles ». Grâce à la Rédemption, l'institution caritative qui avait pris en charge leur voyage, elles étaient restées en Amérique.

— Mon vrai nom c'est Denis, me dit-elle, et puis c'est devenu Dennis, à l'américaine.

David ne portait pas le nom de son père mais celui de sa grand-mère.

— J'ai toujours dit que je reviendrais en France. C'était avec David notre projet avant tout ça et puis nous n'en avons jamais eu le temps, ni l'argent, et maintenant..., dit-elle avec une sorte de désespoir, c'est sûr nous allons mourir ici. Je n'ai pas de souvenirs, ajouta-t-elle comme si elle me demandait de lui en donner. Le 14 juillet, ma mère achetait du champagne, on chantait des chansons d'Édith Piaf.

Sa mère parlait français, Martha l'avait su assez longtemps pour faire des études et l'enseigner dans les cours de soutien de la Rédemption. Mais David n'avait jamais réussi à le parler. Il avait perdu, égaré, oublié le français des origines tant les efforts de Martha et de sa grand-mère pour l'intégrer dans le moule américain ne lui avaient pas laissé la moindre chance de le connaître. Il ne le parlait même pas comme le dernier des Blacks de la dernière classe de rattrapage où l'option de français donnait des points de bonification. Tout au plus son français lui avait-il servi à bluffer un client au temps où il était serveur, quand il prononçait comme une mauvaise doublure : « Salade niçoise ! », « Ratatouille provençale ! ».

Il était pourtant doué pour les études, se souvenait Martha avec regret. En dernière année d'école primaire, il avait gagné un concours dans un journal avec une rédaction que Martha lui avait tapée à la machine : « Courage et Civisme ». Il avait raconté l'histoire magnifiée du grand-père qui était allé sauver les Français. Il ne manquait rien à la légende. La grand-mère avait dicté mot à mot l'histoire qu'elle n'arrêtait pas de seriner. Le journal avait publié sa photo. Martha l'avait coiffé avec soin en lui passant de la brillantine pour faire revenir sur son front une longue mèche blonde. Le petit garçon brillantiné et cravaté tenait dans sa main le diplôme noué d'un ruban rouge, remis par le gouverneur en personne.

Plus tard, il ne supporta plus de voir cette photo trôner dans l'appartement de sa mère et chaque fois qu'il y passait, il couchait le cadre sur la table. Cette photo était le pire souvenir de sa vie, elle l'avait empêché de profiter de sa nouvelle notoriété. En attestation de sa gloire, il devait produire le cliché où il était plus apprêté qu'une fille. Aussitôt l'admiration de son interlocuteur virait à la franche hilarité : « La tronche que tu as ! »

« Tu étais pourtant très mignon ! » ripostait

Martha. Il la refaisait, se moquant d'elle : « Tu étais pourtant très mignon ! » On parlait de courage et d'héroïsme et tout ce qu'elle trouvait à dire c'était « mignon », « cheveux d'ange », « bouclé comme une fille », « blond comme une poupée ».

— Vous savez, me dit Martha, nos rapports ont toujours été difficiles. Ce n'est pas le manque d'amour, non, c'est trop d'amour. Tant que maman a été là, elle faisait le tampon entre nous. Mais après sa mort, il n'y avait plus rien pour nous protéger.

Leur relation s'était tellement envenimée qu'ils ne se supportaient plus l'un l'autre. La prison n'avait rien arrangé, les visites longuement attendues débouchaient sur des crises de plus en plus violentes.

— À la fin, je n'y suis plus allée seule, me dit Martha, Rosario m'a toujours accompagnée.

Entre deux confrontations, elle se raisonnait et de son côté le contentieux s'apaisait. David, lui, avait tout le temps de ressasser. Elle retournait volontiers le voir et puis, en moins de dix minutes, elle disait ce qu'il ne fallait pas. La dernière crise, qui lui avait fermé les portes de Greenleaves, s'était déclenchée parce qu'elle s'était étonnée que David portât une casquette, enfin, comme ça, très enfoncée, la visière baissée. Elle lui avait demandé de la remettre droit, et tant qu'à faire de l'ôter, pour voir ses beaux cheveux. Ses beaux cheveux, on les lui avait tondus la veille et la casquette était là pour cacher cette misère. « Ton beau crâne », s'était-elle crue obligée de dire, « ton beau crâne ». Il avait hurlé. On l'avait emporté furieux. « Comment faudra-t-il te dire que ce n'est plus un enfant mais un homme, lui serinait Rosario, un homme condamné à mort ! » Eh bien ! justement, elle ne s'y faisait pas. Elle gémissait. Elle ne s'y faisait pas.

Visiblement, Rosario n'appréciait pas que Martha me rapporte l'incident qui avait mis un terme aux visites. Martha s'excusait, ce qu'elle avait dit sur la casquette, elle l'avait dit par tendresse, pour rappeler à David l'intimité qu'il y avait entre eux. Elle n'avait pas voulu le provoquer. Il n'aurait pas dû faire cet esclandre.

Pour elle toute seule, le menton contre la poitrine, à voix basse, elle ajoutait qu'elle appréhendait les visites. Aucune n'avait été satisfaisante. Elle y allait pleine d'espoir, elle en revenait ravagée. Tout ratait pour de petites choses. Un regard, un mot qui ne collaient pas, et toute l'enfance de David était à revoir et aussi l'amour qu'elle lui avait donné.

— Maintenant, au moins maintenant, dit-elle en écartant brusquement les bras face à l'océan, il n'y a plus de place que pour les *grandes* choses ! Son geste fit hurler une mouette.

12

Je demandais où était le père de David. S'il était venu le voir, s'il avait assisté au procès et si maintenant il se préoccupait de lui.

— Il n'a pas de père, dit Rosario qui ne voulait pas que Martha poursuive le déballage.

— Il a très bien vécu sans père, continua Martha au milieu des cris des mouettes réveillées par le pêcheur qui ramenait du poisson au bout d'une de ses lignes. Ma mère lui a suffi.

Je comprenais que le héros de « Courage et Civisme » avait fait office de père pour deux générations successives. La grand-mère Dennis avait eu le temps de mettre au point son épopée héroïque et de la servir, dans toute sa gloire, au petit garçon.

— Les arbres généalogiques, dit Martha, c'est bon pour les gens qui n'ont pas vécu, qui n'ont jamais voyagé, qui se réunissent, s'écrivent, héritent, font des albums de photos. Mais nous...

s'il fallait ajouter à l'histoire de David celles de ma mère et de mon père...

— Assez, coupa Rosario qui ne supportait pas que la conversation se prolonge, combien de fois faudra-t-il te dire que l'innocence n'a pas besoin de circonstances atténuantes.

— L'innocence, non, répliqua Martha, mais David, oui. Il en a des circonstances atténuantes : moi d'abord, et puis son géniteur et son grand-père qui, à eux deux, me fournissent déjà mes propres circonstances atténuantes.

Envisager la culpabilité de David était ici interdit, surtout pour Martha. Rosario faisait reposer en partie la condamnation sur son manque de conviction. Dix ans après, la malheureuse savait qu'elle n'aurait pas dû, je ne dis pas raconter ou seulement évoquer, mais même se remémorer certains moments de la vie de son fils. Rosario était persuadée que ce que Martha cachait apparaissait aux autres, que d'une façon ou d'une autre, dans une hésitation, une crispation de la main, une larme, elle lâchait le morceau.

La certitude totale, l'absolue et indéfectible certitude de Rosario, était le meilleur argument en faveur de David. Cette certitude avait été à l'origine du soutien d'Avraham et de son association contre la peine de mort, de l'aide financière des Églises et de l'entrée en lice de Heather Heath, la journaliste qui avait réclamé, haut et fort, un complément d'enquête.

La certitude absolue de Rosario avait convaincu de plus en plus de personnes, effaçant l'opinion désastreuse qu'avait laissée la presse depuis le premier jour. Le cadavre de Candice, les témoignages sur la nuit d'orgie, la découverte de David Dennis qui avait pris la fuite et se cachait au Maryland près d'une ancienne fiancée à qui il avait promis le mariage, tout cela pesait lourd.

Rosario retournait tout cela, non — comme je l'ai attendu en vain — en faisant un contre-procès, en démontant une à une les accusations, mais tout simplement en vous interdisant de penser que David ait pu être mêlé au meurtre. Le juge Edward n'avait aucun doute sur sa culpabilité, Rosario n'avait que des certitudes sur son innocence.

La pauvre Martha avait suggéré à David d'accepter la transaction proposée par le procureur Benbow qui ne voulait pas que la vie intime de Candice fût livrée en pâture. Elle l'avait supplié de plaider coupable. Il en aurait pris pour vingt ans, libérable au bout de douze ans. À l'heure actuelle, on n'entendrait plus parler de lui et Candice serait vierge et martyre. Il s'était buté. Pâle, les yeux brillants, il lui avait demandé très doucement, en articulant :

« Tu me crois coupable ?

— Non, bien sûr !

— Alors qu'est-ce que tu crains ?

— La justice. On n'est pas assez forts, on n'est pas assez riches, on n'est pas chez nous, on ne fait pas le poids.

— Je suis innocent, c'est la dernière fois que je te le dis. »

Mais il le lui avait répété lorsqu'il avait répondu au juge Edward qui lui demandait s'il plaiderait coupable ou non coupable. Il s'était ostensiblement tourné vers elle pour chercher son regard. Elle n'y avait vu que du défi. Elle était maintenant certaine que c'était elle qui l'avait conduit à se cabrer sur cette position désespérée.

Martha n'attendait que l'entrée de Rosario dans leur salle de bains pour me livrer l'étendue de son malheur. Toute sa vie avait tourné autour de David, comme un problème crucial qu'elle avait pourtant cherché à résoudre de toutes les façons possibles. Elle avait fait de son mieux. À l'école, elle l'avait défendu comme une lionne et la psychologue lui avait reproché de parler à sa place, de venir au conseil de discipline à sa place. « Mais il n'a que moi ! » La bonne femme avait raison sur un point, il n'était pas bon que David fût inscrit dans l'école où enseignait sa mère. Martha était persuadée que la Rédemption avait réglé sur le dos de son garçon le contentieux qu'elle avait avec elle. Elle était allée trouver le directeur et lui avait dit ces mots prémonitoires : « Vous le condamnez, vous le condamnez maintenant, demain et plus tard. Parce que, avec ce rapport que vous mettez dans son dossier, il ne sera jamais pris dans un collège et une université d'État. » Avec ce qu'elle touchait à la Rédemption, elle n'aurait jamais les moyens de lui offrir une université privée.

Il avait voulu travailler, des boulots, des « conneries » comme il disait. Il avait fallu encaisser son mariage avec Janet, puis son divorce et sa disparition, et maintenant cette condamnation qui l'aspirait comme un trou noir. Martha me disait que si elle n'avait pas été obligée d'épuiser son énergie à réparer les accidents précédents, elle en aurait eu encore un peu au moment du procès.

Elle se rappelait que lorsqu'il avait été interpellé elle avait pensé qu'il n'aurait qu'un peu de prison à faire avant que son innocence fût reconnue. Elle n'était pas mécontente. Bien fait pour lui, cela l'arrêterait sur la mauvaise pente. Elle pourrait souffler.

Martha me faisait face, elle pleurait avec une rage mêlée de chagrin. Elle en voulait à David, oui, elle lui en voulait de l'avoir trompée, de lui avoir fait croire, contre toute évidence, qu'il faisait son chemin, qu'il savait mieux que les autres et bien sûr mieux qu'elle-même ce qui était bon pour lui. Elle se rappelait comme elle avait été soulagée quand il l'avait quittée pour le Maryland. Elle avait souhaité ce départ de toutes les fibres de son être. Elle l'attendait, elle n'y tenait plus. Bon vent ! Et voilà qu'elle prenait en pleine gueule la catastrophe de Virginie. Elle lui en voulait de lui avoir fait croire qu'elle seule était mauvaise pour lui alors que c'est lui qui était mauvais pour tout le monde.

Mais cela Rosario, qui revenait sur le balcon, ne voulait pas l'entendre et ne le lui laissait pas dire. Comment pensait-elle qu'il aurait pu réussir après de telles imprécations ? Personne ne naît d'une tragédie, personne ne vit avec la malédiction de sa mère. Et qui maudit sa mère se maudit.

— Alors — Martha ne s'adressait qu'à Rosario — je suis aussi responsable de ça, je suis responsable de tout, je suis responsable du crime ?

— Non, coupa Rosario, non et *non*, parce que David n'est pas coupable.

13

La description de l'enfance de David Dennis, de ses origines incertaines, de son comportement quasi pathologique, de son itinéraire chaotique ne correspondait pas à l'impression que m'avait laissée le jeune homme charmant qui se réjouissait d'entendre mon accent français « si civilisé » dans sa prison barbare. Son charme s'imposait d'autant plus qu'il n'en faisait pas trop. Comme je l'expliquais à Rosario qui était venue m'apporter du dentifrice, ce n'était pas un charme conquérant mais retenu, inquiet, comme intimidé. En fait, c'était simplement du charisme. Je l'avais ressenti dès le premier instant, quand sa longue silhouette débarrassée des chaînes avait repris son autonomie, qu'il était allé jusqu'à la vitre qui nous séparait, dans le geste qu'il avait eu pour écarter le tabouret et prendre son téléphone, et surtout dans le sourire ébloui qu'il m'adressa dès qu'il me vit.

De part et d'autre de la vitre, une minute ou

deux nous fûmes enchantés l'un par l'autre. En tout cas, pour moi, cela tenait du ravissement. Je sais bien ce que mon coup de foudre — car c'en fut un — devait aux circonstances. La lente progression vers lui, les précautions qui redoublaient à son approche, la terreur de me trouver face à un assassin, le soulagement qu'il fût ordinaire, quotidien, normal, puis l'exaltation, parce qu'il était beau, très beau, intelligent, avec cette pointe d'humour qui me mit si rapidement à l'aise, prête à soutenir la gravité monstrueuse de son histoire, à l'encaisser, à la retenir et à faire de moi une de ses plus ferventes alliées.

Sa version m'avait convaincue. Je ressentais dans tout mon corps le danger que représentait Rosebud, cette institution assise sur l'argent, la tradition, et appuyée par ses réseaux dans la presse, la police et la justice. Si Rosebud avait été un piège pour David Dennis, il en était un pour moi. Comme David, j'étais étrangère, marginale, sans amis, sans argent, tout juste bonne à rester sous leur contrôle, à faire ce qu'ils voulaient que je fasse, à passer par où ils voudraient que je passe. Pour Rosebud, j'étais comme lui une de ces proies faciles que l'on peut s'approprier, salir, avilir, abattre.

En entrant dans Greenleaves, je me moquais de savoir si David Dennis était ou non coupable tant j'étais certaine que l'on n'enfermait que les coupables. En sortant je savais qu'il était innocent. Il était urgent de le clamer. Je savais qu'il était innocent. Cette certitude ne s'analyse pas, ne se plaide pas. Elle est de l'ordre de la révélation. Rosario m'approuvait. Elle l'avait ressentie avec la même intensité que moi dès qu'elle avait vu David au tribunal et qu'elle l'avait reconnu. Elle était tombée sous son charme. À l'évidence, il ne pouvait être coupable.

David était l'étudiant qui s'était présenté en retard aux préinscriptions de Stone. Des problèmes d'argent l'empêchaient de régulariser sa situation administrative mais il voulait fréquenter tout de suite la bibliothèque. Il vivait déjà à White Home, dans la meilleure Fraternité de Stone, et il travaillait dur à Virginia Beach pour réunir la somme qui devait régler sa scolarité. Il étudiait le droit, mais il avait une culture, une désinvolture élégante qui dépassaient de beaucoup le niveau des autres étudiants en droit.

Rosario avait été heureuse de faire pour lui une exception en lui donnant un laissez-passer et en lui attribuant un ordinateur. Oui, elle avait été heureuse, dans cette communauté d'étudiants riches, gâtés, repus, de laisser cet étudiant ramasser les miettes d'une opulence qui lui répugnait. Ils n'étaient qu'une dizaine à cette époque à fréquenter la bibliothèque, des thésards. David Dennis — elle n'avait pas retenu son nom — n'enlevait rien à personne. Il bossait sur la plage toute la journée et le soir il se glissait dans la bibliothèque, la tête dans l'écran de son ordinateur.

Elle se rappelait sa satisfaction à constater qu'il était souvent le dernier. Elle lui avait dit : « Il est temps de rentrer, vous travaillez trop. » Il avait répondu que le lendemain était son jour de congé et qu'il en profitait pour avancer ses recherches. Elle lui avait dit : « Je vous laisse. Vous fermerez derrière vous. » En sortant, dans la nuit chaude de l'été, elle était heureuse d'être bibliothécaire, elle était contente de David, de Stone, de l'Amérique qui laisse leur chance à tous, même si elle avait dû tricher pour cela. Mais l'Amérique compte aussi sur toutes ses Rosario pour atténuer la sévérité des lois et contourner, au nom de la justice du cœur, les règlements trop stricts.

Je la regardais intensément, de la tête aux pieds, pour voir si elle collait à l'image de la femme mûre, épaisse et douce de mon livre. Rosario n'était pas douce, pas épaisse non plus, et ses cheveux teints durcissaient son visage. Elle était anguleuse, nerveuse, tendineuse. Elle n'avait pas le visage amolli, ni l'arc des sourcils trop épilés de la femme qui se maquille. Elle était pourtant une femme au Golgotha. J'avais mon personnage en face de moi, dans une réalité qui d'abord m'enchanta comme la preuve que l'imaginaire l'avait engendré, puis qui me bouleversa comme la preuve qu'il n'y avait rien à inventer, et que tous ces efforts passés à faire naître le sentiment d'une réalité s'effaçaient d'un coup parce que la réalité était là, bien plus forte que tout ce que je pouvais imaginer. La réalité me réduisait à rien.

Je lui demandai, d'une façon qui peut-être lui parut abrupte mais qui suivait le fil de ma pensée, si elle n'avait pas songé à épouser David.

— Si cela avait pu le sauver, je l'aurais épousé.

Et pendant qu'elle me répondait, je mesurai à quel point le charme de David Dennis avait été dévastateur. Elle l'aimait, d'un amour de femme qui a enfin trouvé l'homme qu'elle cherche. Elle l'aimait depuis le jour du procès où David, jetant un regard sur le public et l'ayant repérée au milieu des professeurs et des élèves de Stone, lui avait souri. Elle était au milieu de ces gens la personne la plus précieuse au monde. Elle allait le sauver. Son regard avait accroché le sien et elle lui avait souri aussi. Ils étaient l'un à l'autre suspendus par un sentiment de reconnaissance et d'amour intense. Plus que si elle avait pu le prendre dans ses bras. Il avait vingt-cinq ou trente ans de moins qu'elle. Et alors? Il était prisonnier, condamné. Il avait besoin de son amour.

Besoin de son amour! Dans sa cuisine, le juge Edward m'avait mise en garde contre les manifestations de femmes devant les prisons. Il n'y avait jamais vu de filles jeunes et belles, seulement des créatures comme la femme en noir, sans âge, sans charme, sans bonheur. Elles venaient donner libre cours à leurs larmes, elles exposaient leur malheur intime, elles déballaient leur détresse. Leurs chagrins s'accouplaient à d'autres chagrins dans une orgie de douleur.

Je pouvais encore l'entendre me dire : « Puisque vous écrivez dessus, vous êtes-vous interrogée sur la psychologie des visiteuses de prison, sur ce que signifie pour la grande majorité d'entre elles cette situation dans laquelle elles dominent en toute sécurité un homme définitivement castré ? Quelle est la nature de cette revanche ? Pourquoi jouent-elles de leur féminité devant ces hommes totalement frustrés ? »

C'est Philip lui-même qui avait alors répondu avec une incroyable véhémence : « Les condamnés les subissent et les haïssent. Les cassés, les faibles se laissent avoir, certains se font épouser. Mais ceux qui résistent savent très bien l'effet qu'ils leur font. Ils les manipulent. Le rapport de force s'inverse très vite. Ce ne sont plus elles qui conduisent le bal mais eux qui les font danser jusqu'au trottoir. Ils ont des envies de dégradation et de meurtre. Je sais comment ils les appellent avec leurs mots, vous voulez savoir ? Ils n'aiment pas les femmes, ils croient les désirer mais ils jouent avec le désir. Ces femmes-là les dérangent, elles cassent leur rêve. Leur réalité leur est presque insupportable. Devant sa visiteuse, le taulard retombe sur terre. Parce qu'il est condamné, elle croit qu'elle est assez bonne pour lui et parce qu'il est condamné, justement, aucune femme ne sera jamais assez bien. »

14

J'ouvris l'enveloppe marron. Elle contenait les rapports de l'enquête, les constatations du médecin légiste, les attendus du jugement et un certain nombre d'articles parus dans les journaux de la région. Une coupure de presse rapportait la découverte du cadavre mutilé d'une jeune fille dans la baie de Hampton, derrière Virginia Beach. Le journaliste donnait la parole à deux amoureux qui, délaissant la plage à la recherche d'un coin retiré, étaient tombés sur un corps de femme. Ils avaient d'abord pensé à une noyade et puis la nudité du cadavre et la corde qui liait ses poignets dans le dos les avaient alertés. Devant les nombreuses morsures qui couvraient le corps, ils avaient pensé aux crabes. Ils étaient extrêmement choqués. Dans les premiers articles, Candice n'était désignée que par « le corps », « l'inconnue », « la femme ».

Dès le lendemain, la montre qu'elle portait au poignet permit de l'identifier. Candice eut un visage. La seule photo que sa mère donna à la presse était celle de son anniversaire. Elle descendait le grand escalier de l'Opéra de Richmond dans une robe à crinoline. Son visage était agrandi, mais ses traits étaient estompés par l'impression du journal et noircis par une mauvaise photocopie. Je vis d'abord son sourire large et heureux. Et puis je remarquai la beauté de son visage, de grands yeux peut-être mais cernés par l'ombre portée des sourcils.

Sa courte biographie disait qu'elle était élève de première année à Rosebud où elle s'était installée depuis la rentrée universitaire. On ne lui connaissait aucune histoire. Elle était semblable à ces milliers de jeunes filles qui quittent l'école pour aller au collège. Les journaux n'en disaient pas davantage. Le nom même de Candice ne fut jamais révélé. Les avocats de Rosebud comme ceux de la famille étaient entrés en action et sous prétexte de la minorité de la victime veillèrent à ce que rien ne fût divulgué de sa vie privée.

En revanche, l'enquête remonta très vite la piste de David Dennis. Il était question d'un élève de Stone, faisant partie de la Fraternité qui habitait White Home, que l'on avait vu en compagnie de Candice la dernière semaine de sa vie. La photo de David était tout aussi floue, tout aussi mal éclairée que celle de Candice, avec les mêmes cernes sous les yeux. C'était un cliché pris à White Home, une photo de groupe où les journalistes avaient coupé les autres personnages. Des autres garçons de la Fraternité je ne connus que la forme d'un menton, un bout de casquette et la pointe d'une épaule. David n'était alors recherché que comme témoin.

L'affaire se corsa très vite avec le démenti de Stone que David ait jamais été inscrit chez eux puis par celui, tout aussi vigoureux, de la Fraternité, qui niait que David ait jamais été un de ses membres. L'une et l'autre institution se réservaient le droit d'entreprendre des poursuites contre David Dennis, pour usurpation de titre mais aussi contre tout organe de presse qui lierait désormais le nom de Stone ou de White Home à cette affaire. Les journalistes se rabattirent sur Virginia Beach où il leur fut confirmé que David Dennis tenait un emploi de serveur-plagiste saisonnier, qu'il y avait passé tout l'été, qu'il devait y rester jusqu'à la fin de la saison pour repeindre les bungalows. Le patron de la plage dit que c'était un garçon sans histoire, qui faisait bien son boulot.

Après une enquête plus poussée, un journal parla d'emprunts répétés et jamais remboursés, d'un vol dans le vestiaire du personnel qui ne fut pas élucidé mais qu'on lui imputait maintenant. Les autres plagistes déclarèrent que David n'était pas sympathique, qu'il se prenait au sérieux. Les journaux tenaient leur suspect.

Je suppose que Martha n'était pas encore au courant. Le crime de Virginie avait peu d'échos dans la presse de New York. Et même si la nouvelle était tombée sous ses yeux, en quoi le meurtre d'une belle et riche étudiante de Rosebud pouvait-il intéresser une femme qui vivait péniblement, au cœur du quartier le plus dur, avec des élèves souvent perdus de drogue qu'elle ne revoyait pas d'une semaine sur l'autre ? Comment pouvait-elle imaginer David en Virginie ? Il était parti pour le Maryland se mettre à l'abri d'un divorce qui s'était passé moins mal qu'elle ne l'avait craint. Janet n'avait finalement obtenu que sa liberté et une belle voiture. Que cela lui serve de leçon, bon Dieu, et à elle aussi. Elle pouvait maintenant respirer un peu, peut-être s'inscrire à l'université pour passer ce fameux certificat de linguistique qu'on lui réclamait. Oui, respirer, se détendre, ne plus craindre, desserrer les mains quand elle dormait la nuit.

Je suppose qu'au même moment Rosario scrutait les journaux qui parlaient de Stone et de Rosebud et qu'elle essayait de mettre un nom sur l'étudiant dont elle n'était pas sûre de reconnaître le visage. À cette époque, elle était bouleversée par cette affaire et si les journalistes l'avaient interrogée, elle plutôt qu'une autre, elle aurait dit : « Je suis vraiment choquée », ou « Je suis profondément triste », et vraiment elle aurait pleuré sur la disparition tragique de Candice. Elle avait même ressenti de la colère devant cette affaire qui compromettait Stone et qui salissait des jeunes gens au-dessus de tout soupçon. Ce ne fut qu'au fil des livraisons que le vrai visage de David apparut. Elle compulsa son listing et reconnut l'étudiant qu'elle avait inscrit de son propre chef à la bibliothèque. Se précipita-t-elle d'elle-même dans le bureau du président de l'université pour se justifier ou au contraire le président la convoqua-t-il pour qu'elle s'explique ?

15

Les résultats de l'autopsie furent rendus publics avant les funérailles de Candice. Elle était morte le crâne enfoncé. Elle avait été violée et torturée. Les photos de l'enterrement furent interdites, mais la presse évoqua la foule bouleversée, la dignité des parents et des amis. Pour moi, sa mort restait encore abstraite ainsi que l'expression « actes de barbarie » dont je pris connaissance dans le rapport d'autopsie.

Elle était morte deux jours avant la découverte de son corps. Le médecin légiste datait le décès du lundi entre quatre et six heures du matin. Elle avait été violée vivante et morte. On avait trouvé du sperme et du sang donnés en analyse afin d'en préciser l'ADN. Les morsures sur son ventre, ses hanches, ses seins, ses joues et sa bouche avaient toutes été faites « très près de la mort », avec frénésie. Le meurtrier s'était acharné sur le cadavre qu'il avait voulu détruire, anéantir, défigurer. Il avait déchiré les tissus

« comme on croque une pomme », précisait le médecin. La morsure à la bouche avait provoqué un arrachement de la lèvre supérieure, jusqu'au nez dont la base était décollée « en visière de casquette ».

Sur les photos faites par le médecin légiste, les jurés ont vu ce que j'ai vu : ce visage mutilé, les dents à nu sous un nez réduit à deux trous. Le visage de Candice ressemblait à une tête de mouton dépecée. Sans la protection des lèvres, ses dents avaient une longueur tragique. Les yeux étaient gonflés et fermés. L'assassin avait mordu dans la lèvre supérieure et d'un coup brutal avait arraché le nez. Je crois que devant ça, l'intime conviction des jurés fut faite. On ne peut oublier cette image ni la précision donnée par le légiste sur le mouvement de la bouche qui avait causé ces mutilations. Je suppose que lorsque l'on relève les yeux de la photo et que le même regard se pose sur le présumé assassin, on le voit saisir la lèvre supérieure avec ses dents et d'un coup du menton, du cou et de la tête, arracher toute la chair qui vient, y compris le nez qui n'a pas été un frein suffisant.

Il n'y avait pas de sang ni de tissus sur les doigts et sous les ongles de la victime. Je n'ai pas compris tout de suite à quel point cette remarque, plutôt apaisante après l'horreur qu'avait subie le visage, était au contraire menaçante. Le légiste a précisé aux jurés que Candice avait subi toutes les violences les mains attachées, couchée sur le dos, puis retournée sur le ventre, « je suppose, avait-il dit, parce qu'elle n'était plus très belle à voir de face ».

— Nous avons cru que c'était les crabes, répétèrent les amoureux, appelés comme témoins au procès.

— Eh non ! a repris le procureur Benbow avec gravité en se tournant vers le jury, ce n'était pas les crabes !

Qui est allé reconnaître le corps ? Le père de Candice, entouré de tout le chagrin, la sollicitude et la colère de ceux qui conduisaient l'enquête. Le père et la mère, le père soutenant la mère ? Non, la mère n'a pas pu voir ça et si le père l'a vu, alors le juge Edward lui a promis qu'on trouverait le coupable, c'était une priorité absolue, une question d'honneur. On le jugerait, ça oui, on le jugerait.

Quinze jours après l'enterrement, un des garçons de la Fraternité, Anthony, avait reçu un coup de fil de David Dennis qui lui demandait comment ça allait. Il ne semblait pas du tout au courant. Anthony lui avait appris la mort de Candice, les traces de sang retrouvées dans sa chambre à White Home et les soupçons qui pesaient sur lui. Aux policiers, Anthony avait raconté : « Il semblait tomber des nues. Il disait que c'était épouvantable. Il m'a demandé ce qu'il devait faire. Je lui ai dit de revenir au plus vite. Il m'a répondu qu'il ne pouvait pas tout de suite parce qu'il avait trouvé un boulot et qu'il allait se marier. Il m'a dit de disposer de sa chambre. Il ne semblait pas se rendre compte. Je lui ai dit : mais ta chambre est sous scellés, personne ne peut en disposer. Il m'a dit qu'il allait réfléchir, mais qu'il n'était pour rien dans cette histoire, qu'il me téléphonerait dès qu'il aurait pris une décision. Qu'il viendrait se disculper, mettre tout au clair. »

Le téléphone de la Fraternité fut mis sur écoute. Quelques jours plus tard, David Dennis était localisé. Il était dans le Maryland, il vivait chez Susan Eliott, sous un faux nom. Il fut ramené en Virginie. Il ne semblait pas mesurer l'ampleur du drame. « C'est un coup dur, se contentait-il de répéter. C'est un coup dur. — Un coup dur pour qui, espèce de salopard ? lui avait demandé le flic venu l'arrêter, un coup dur pour toi qu'on a retrouvé ou pour la fille qui est morte ? »

Il n'avait pas choisi d'avocat. À quoi bon ? C'était un malentendu. S'il en fallait un, il en prendrait un commis d'office. Il n'avait jamais changé de système de défense. Il devait partir dans le Maryland aux premières heures du jour, il avait passé la nuit avec Candice. Elle était venue dans sa chambre, ils avaient écouté de la musique. Ils avaient fait l'amour. En partant, vers trois, quatre heures du matin, il lui avait proposé de la raccompagner à Rosebud. Elle avait préféré rester au lit. Quand il était passé dans le couloir, les garçons de la Fraternité n'étaient pas encore couchés, ils faisaient la fête. Au nombre de packs de bière et de bouteilles de tequila, ils devaient tenir une bonne cuite. Il n'avait pas jugé utile de les prévenir de son départ. Pourquoi l'aurait-il fait ? Il était déjà allé plusieurs fois passer quelques jours avec Susan sans le leur dire. C'est l'occasion inopinée de pouvoir remplacer un instituteur dans l'école de Susan qui l'avait fait rester au Maryland. Il serait de toute façon venu récupérer ses affaires à White Home un jour ou l'autre.

Les flics sont entrés dans la classe de Martha. Elle n'a pas reconnu la photo qu'ils lui ont montrée. David avait les cheveux et les sourcils teints en noir. Elle a d'abord nié. Puis en examinant la photo d'identification, de face et de profil, celle qui relève le menton et exorbite les yeux, elle a compris qu'il avait peur. Alors la peur a reflué en elle, elle a senti son flot impétueux comme l'eau qui brise un barrage et afflue dans les ruisseaux, les rivières, en vagues tumultueuses qui arrachent tout. Elle entendait cogner le sang que son cœur affolé envoyait dans sa poitrine, dans son ventre, dans ses jambes, dans sa tête.

Elle a mis ses mains devant ses yeux, elle a enfoncé ses doigts dans sa bouche, elle se tenait la mâchoire par les dents. Elle est tombée par terre. Le sol lui a semblé doux. Elle ne voulait pas qu'on la relève, qu'on l'assoie. Elle voulait rester la joue sur le linoléum de la salle de classe, dans cette bonne odeur de sueur et de colle.

16

J'ai posé l'enveloppe sur le lit. Je me suis levée et je suis allée à la fenêtre. L'océan était doré, le sable brun, les oiseaux guettaient avidement le pêcheur à côté de son 4 × 4. Au bout de sa ligne en fouet, il a sorti un gros poisson. Les oiseaux ont battu des ailes. Je suis allée à la salle de bains, j'ai pris une serviette. Je suis descendue jusqu'au rez-de-chaussée puis j'ai emprunté la passerelle de bois qui traversait la plage. Je suis entrée dans l'eau, elle était bonne et chaude, juste un peu agitée. J'ai plongé sous une vague.

Je ne voulais pas que les deux femmes dont je sentais le regard derrière le rideau de la chambre pussent voir le plaisir que je prenais. Je raidissais mes gestes comme quelqu'un qui n'aime pas l'eau et qui n'y va que pour se rafraîchir. Je ne connais pas de plus grand bonheur que de plonger de vague en vague, de faire surface et de replonger de plus en plus profond. J'étais déjà loin du bord.

Je pensais aux trois bélugas de l'aquarium de Vancouver, aux baleines blanches que l'on pouvait voir pile et face, avec leur regard malin, leur front bombé, leur sourire et surtout l'immense fente de leur sexe qu'elles exposaient complaisamment à ceux qui les regardaient par-dessous. Elles mettaient dans leurs contorsions le plus vif plaisir à tout offrir d'une vulve belle, bombée, blanche, rose et lisse. Elles étaient coquines et obscènes, tout à fait rigolardes et paillardes. Mais je pouvais me tromper, et cet exhibitionnisme était peut-être une détresse, leur danse une convulsion, leur joie de vivre un simple simulacre de la liberté perdue. Je nageais.

Je ne pensais plus à David Dennis, je ne pensais même pas à la femme qui se maquille, je me concentrais sur la biographie que j'écrirais un jour sur la doctoresse Lester qui, d'après la télévision, conduisait depuis plus de vingt-cinq ans une expérience audacieuse sur les bonobos. Cette femme profondément mutique leur avait appris à parler par écran d'ordinateur interposé. Je nageais.

Tous les jours, au zoo d'Atlanta, dans un endroit qui imitait la forêt mais avec un laboratoire suréquipé en informatique, elle avait rendez-vous avec ses bonobos. Je trouvais que vingt-cinq ans pour réclamer des M&M's — même en tapant sur un clavier d'ordinateur « Bingo veut M&M's » — était nettement inférieur à ce que l'on obtient en quelques mois d'un chien qui demande à sortir en apportant sa laisse. Je voyais bien que la réussite de la doctoresse Lester n'était pas aussi fantastique qu'on le murmurait dans le milieu des singes, l'aristocratie de la recherche éthologique. Sauf si, comme moi, on est intrigué par le rapprochement du doigt raide et cornu du singe sur les touches de l'ordinateur qui reproduit notre propre hésitation. Ce n'est plus la parole dans la gorge comme celle du perroquet qui fascine mais le doigt sur l'ordinateur. Parce que nous sommes en train de perdre la parole et que notre civilisation se retrouve dans les animaux silencieux. Je nageais.

Je pensais à la vie de la doctoresse Lester, vouée depuis vingt-cinq ans au même singe, puis à la femelle de ce singe et enfin au petit du couple, qu'elle portait du matin au soir dans ses bras, contre sa poitrine, sur ses épaules, qui consacrait tous les instants de son existence à une seule et même famille de singes. Je pensais aussi au bonobo qui réclamait des M&M's sur son ordinateur, un singe qui allait grossir comme n'importe quel être humain à force de bouffer du sucre, un singe avec un gros bide, des grosses jambes et des dents jaunes et cariées. Qu'est-ce qu'il dirait Bingo si, faute de M&M's, la doctoresse Lester abandonnait ses recherches.

Elle ne prendrait jamais sa retraite, elle resterait avec eux en se fondant dans le paysage, parlant bonobo, ayant limité toute forme de rapport avec les singes à « C'est bien » ou « C'est mal ». « C'est bien. Bravo ! Bravo ! Tu veux des M&M's ? » « C'est mal. Tu n'auras pas de M&M's. » Les effets de l'expérimentation étaient plus intéressants sur la doctoresse Lester chez qui l'on pouvait mesurer, plus que sur d'autres femmes, les dégâts causés par certains boulots limités et répétitifs. Vingt-cinq ans de montage de téléviseurs devaient moins vous déglinguer que vingt-cinq ans de dressage de bonobos. Ces femmes avaient l'avantage sur la doctoresse Lester de sortir, d'avoir une famille, de vivre à travers leurs enfants et de partir trois semaines en vacances, ce que n'avait jamais fait la doctoresse sans famille, sans vacances. Je nageais.

Je pensais que les postes comme ceux qu'occupait la doctoresse Lester devraient revenir en priorité à des femmes comme nous. Je ne parle pas seulement de moi, j'ai toujours rêvé de finir dans un zoo, mais je pensais à l'avenir de Martha, si douce avec les enfants, et de Rosario qui avait une si grande habitude des ordinateurs. C'était vraiment un job pour elles, tout ce qu'il leur fallait, à l'écart du monde, protégées du langage, sans grande espérance sur ce qu'allaient taper les bonobos avec leurs ordinateurs. Et puis elles profiteraient jusqu'à satiété de la douceur des bêtes, de leur tendresse, du petit que l'on pouvait tenir tant qu'on voulait dans ses bras. En prime, il y avait l'odeur réconfortante des bonobos qui sentent la fourmi, cette odeur délicate entre le poivre et la citronnelle que l'on peut respirer dans les replis de leur peau. Je nageais.

La doctoresse Lester était-elle une femme comme Martha, qui avait vécu ce qu'avait vécu Martha et qui était venue se réparer avec les singes ? Je n'imaginais pas une jeune fille entrant au zoo comme on entre au couvent, ou alors une bien étrange jeune fille. Je nageais. La doctoresse Lester était bardée de diplômes, docteur en ceci, ingénieur en cela, et Martha n'avait toujours pas de certificat de linguistique pour enseigner le français à une classe de soutien de la Rédemption. Qu'est-ce qu'on exigeait pour inculquer des notions d'informatique à des singes ? Peut-être aurais-je une chance à titre d'écrivain. J'offrirais aux bonobos ce que j'avais vendu à Rosebud : rien. Je leur expliquerais ce qu'ils savaient, qu'il est meilleur de manger une framboise que d'écrire le mot, et que si on l'écrit c'est faute de pouvoir la manger.

J'ai sorti la tête de l'eau, j'étais très loin. Le courant m'avait déportée à l'autre bout de la côte. Je repérais difficilement le motel sur la plage vide. C'est le moment où l'on connaît la vraie peur, pas la peur diffuse qui vous accompagne tout le temps et rend vos gestes et vos paroles maladroits, la grande et profonde peur qui peut vous faire couler à pic. Il ne faut que quelques mouvements pour savoir s'il sera possible de revenir. Cela n'a pas été trop difficile, pas impossible en tout cas puisque j'y suis parvenue une fois encore, en y mettant le temps, en attendant comme un surfeur les vagues pour profiter de leur force. Quand je me suis retrouvée sur la plage, je ne voyais plus le motel.

17

J'étais couchée, étendue sur le sable. J'ai replié mes genoux vers la poitrine, j'ai croisé les mains. J'ai fermé les yeux comme la jeune fille morte, le visage plein de sable, les cheveux pleins de sel. Mon corps se raidissait et se recroquevillait. Une voiture de police qui patrouillait s'est arrêtée. Deux flics, casquette et uniforme bleus, en sont descendus. La peur ordinaire est revenue, commune et fatigante. Ils m'ont demandé ce que je faisais là. J'ai répondu que je m'étais baignée. Ils m'ont dit que la baignade était interdite, que des panneaux l'indiquaient devant chaque passe qui conduisait à la plage. J'ai répondu que je n'avais pas vu les panneaux parce que j'étais partie du motel là-bas. Ils m'ont proposé de m'y reconduire.

Quand elles m'ont vue descendre de la voiture de police, Martha et Rosario ont eu une sacrée frousse. Qu'allait-il encore leur arriver ?

— Ce n'est rien, je me suis laissé entraîner par le courant.

— Mais la baignade est interdite !

Le courant n'était pas si fort. Il suffisait de se laisser déporter pour mieux revenir. Je savais cela et je m'étais baignée dans des endroits plus dangereux.

— Il ne faut pas se baigner, pas à cause du courant mais des porcs qui se sont noyés pendant l'ouragan.

Rosario me dit un million, ou dix millions, je ne me rappelle plus, un chiffre que mon esprit ne pouvait pas concevoir. Les millions de porcs des usines à jambon de Porkland avaient été emportés par la tornade et s'étaient noyés dans la lagune de Nags Head, toute soulevée d'écume, de gaz, de bouillonnements pendant le temps qu'avait duré leur délitescence, une semaine, quinze jours, un mois ? Les oiseaux perchés sur les cadavres ballonnés se gobergeaient et les poissons d'abord frétillants et nerveux, puis alourdis et lents, se remplissaient la panse.

Les mouettes pesaient dix kilos et leur plumage gonflé d'humidité les faisait paraître encore plus grosses. Il avait tellement plu que l'eau ne pouvait pas s'évaporer. Les oiseaux prospéraient dans une atmosphère nauséabonde que le soleil de cet été indien n'arrivait pas à dessécher. Les arbres, le sable, la mer ne pouvaient absorber toute l'eau qui avait reflué de la lagune, des rivières et des marais. Tout dégorgeait. Sur la plage, on s'enfonçait dans un sable plus brun que jaune, plus jaune que blond, presque de l'humus dont il avait l'odeur profonde et âcre. Les oiseaux trop lourds pour voler étaient plantés dedans jusqu'au jabot.

J'essaie en multipliant le nombre de truies de Porkland par le nombre de petits par portée de retrouver le nombre hallucinant des cadavres. La catastrophe fut plus près de dix millions de têtes que d'un. Ou cent millions peut-être ? L'océan avait digéré des millions de porcs et je m'étais baignée dans une eau où devaient encore flotter des filaments. Je m'étais abandonnée à ce qui n'était plus de l'eau de mer mais un suc gastrique verdâtre venu à bout de la couenne et des os les plus durs.

Je me sentais très fatiguée. Le sentiment de peur, jusque-là très intime, s'extériorisait. Il devenait universel, il atteignait le sanctuaire des animaux où j'avais toujours trouvé refuge. Pendant le déjeuner que nous prenions en silence à la cafétéria, Rosario ajouta qu'à Wall Street les yuppies jouaient en Bourse en fonction de la gestation des truies, cent quinze jours. Les économistes ne comprenaient pas pourquoi les actions s'effondraient à tel ou tel moment. On accusait les fonds de pension, les restructurations, la baisse des taux d'intérêt. Pas du tout :

c'était simplement la durée de gestation des truies.

— Mais elles ne mettent pas bas au même moment ?

Rosario me regarda comme si j'étais une retardée.

— Tout le monde ne vend pas non plus au même moment. C'est seulement le nombre d'or.

Je n'étais pas malade, mais j'ai quitté la table. Rosario m'a accompagnée. Elle est allée chercher dans leur chambre une petite poche de plastique.

— Vous êtes très pâle. Vous avez besoin de couleur.

La pochette contenait quelques objets de maquillage, des produits bon marché. Le tube de rouge violacé qui amincissait la bouche de Rosario, le crayon noir qui marquait ses yeux. Elle m'avait offert ce dont elle se servait quotidiennement, sans savoir que le maquillage avait changé et qu'elle aurait pu paraître plus jeune ou plus douce avec des produits nouveaux. Rosario s'était toujours maquillée de trois traits ravageurs. Je revissais le tube, et j'éprouvais dans la paume de ma main l'émoussé de la mine du crayon. Pour répondre à son invitation, je crayonnais mes yeux avec ce noir de suie. Dans la glace, je vis la tristesse du regard de

Martha, la dureté de celui de Rosario. J'avais un regard de veuve.

Je compris ce qui n'allait pas dans le maquillage de la femme en noir. C'était ce bleu opaque et criard qu'elle se passait sur les paupières, ce bleu que j'avais attrapé quelque part, je ne savais plus où, et que je lui plaquais sur le visage. Si je le supprimais, son geste — comme celui que je venais de faire devant la glace — serait plus naturel. La femme qui va assister à une exécution ne se maquille pas, elle souligne son regard, nuance ! Elle met une robe noire. Elle se noircit les cils.

— Cela vous va bien, m'a dit Rosario quand je lui ai rendu la petite poche de plastique. Cela vous donne du caractère.

Désormais, il n'y avait plus entre nous de différence. Je pouvais être la mère ou la bibliothécaire.

— Non, vous, c'est l'écrivain.

18

À l'approche d'une exécution, dès que la date est arrêtée, le temps semble si court qu'il frappe d'immobilisme. J'eus beaucoup de mal à mettre en œuvre ce que Rosario m'avait demandé : « Alerter l'opinion publique en France. » Il fallait que je sache où elle se trouvait, l'opinion publique, par quelles mains, bouches et oreilles elle passait. Je ne sais même pas si je l'avais croisée, si, l'ayant rencontrée, je l'avais reconnue et surtout si j'avais gardé le moindre contact avec qui que ce fût qui en fît partie. Par téléphone, en tout cas, il n'y avait rien à tenter, je ne possédais aucun numéro personnel. Je m'en ouvrais à Rosario pour qu'elle ne se fît pas d'illusions sur ma notoriété et, partant, sur mon pouvoir d'infléchir le sort de David.

Elle me conseilla alors d'écrire aux gens que j'aimais le plus, les quelques personnes que l'on compte sur les doigts de la main et sur lesquelles on se fait des idées qui ne sont pas forcément des illusions. Les amis que l'on réserve pour les jours noirs. Bien qu'il y eût dans ma donne quelques journalistes, je ne savais pas s'ils faisaient l'opinion, si le jeu des chaises musicales les avait laissés en place. Je connaissais aussi un homme politique qui avait été propulsé, lui, sur le devant de la scène. Je peux dire tout de suite que je ne reçus qu'une réponse. Elle vint d'une journaliste qui était passée de la culture aux affaires judiciaires. Par retour du courrier, elle me promettait de suivre l'affaire.

Dans ma lettre, j'insistais sur l'imminence de l'exécution plus que sur l'injustice du procès. Il n'y avait qu'une urgence, que le compte à rebours soit interrompu. Je donnais le nom, je donnais l'âge, je donnais la date de l'échéance. Et je me trouvais vite dans l'obligation de révéler les raisons de la condamnation. L'énoncé exact du verdict disait « meurtre aggravé sur mineure, viol et actes de barbarie ». Je jugeais bon de supprimer « actes de barbarie » dont j'avais mesuré sur moi la dangereuse résonance. « Viol » ne me convenait pas car, si David Dennis était innocent, il ne s'agissait pas d'un viol mais d'une relation sexuelle. « Mineure » était exagéré. Dix-sept ans n'est pas treize ou douze. Je m'en tins à la formulation la plus neutre possible : « Meurtre de sa petite amie. » J'ajoutais aussitôt, « accusation qu'il a toujours niée ».

Je ne plaidais pas pour l'innocence de David

Dennis mais contre la peine de mort. J'étais revenue à ma première position, celle que j'avais défendue devant le juge Edward. Rosario, à qui je montrais ma lettre type, ne la trouva pas assez engagée. Elle voulait que le juge Edward et le procureur Benbow soient mis au pilori, et le président de Rosebud avec, et le légiste aussi. Il fallait accuser le shérif, l'avocat, la Fraternité et tous les journalistes de la région. Elle voulait faire le procès à l'envers.

David, ce soir-là, avait rendez-vous avec Candice, comme tous les soirs depuis qu'ils sortaient ensemble. Ils avaient dîné dans une pizzeria, puis étaient passés faire un tour à la fête organisée par la Fraternité à White Home. On était un dimanche soir, jour où les garçons cuvent. D'habitude, ils allaient faire la tournée des universités de filles pour liquider les fonds de bouteilles, mais ce soir-là ils avaient assez d'alcool. Ils étaient restés entre eux à boire et à fumer. L'atmosphère était déjà si échauffée, le bruit si intense que David avait entraîné Candice dans sa chambre. Ils avaient fait l'amour, mettant de leur côté la musique à fond pour couvrir le son des basses qui venait de l'autre pièce. À l'aube, David était parti comme il l'avait projeté, pour être dans le Maryland très tôt, afin de rejoindre Susan avant qu'elle ne reprît ses cours. Il avait quitté le Maryland trois mois auparavant et n'y était revenu que deux fois.

En partant, il avait remarqué que l'ambiance était montée d'un cran. Les garçons criaient si fort que des bâtiments voisins on était venu leur demander de se calmer. On avait pu constater à quel point ils étaient ivres, ivres et drogués. C'est après son départ qu'Anthony, Buddy et Harry sont entrés dans la chambre de David. Ils ont découvert Candice qui dormait la tête sous l'oreiller pour se protéger du bruit. Ils l'ont violée. Ils l'ont frappée. Ils l'ont mutilée. Ils l'ont punie d'avoir couché avec un étranger, un type de New York.

Au petit matin, dégrisés, ils ont porté le corps jusqu'à Virginia Beach et l'ont abandonné dans une petite crique, oubliant simplement la montre, peut-être parce que la jeune fille avait les mains liées dans son dos. Après ? Il s'est passé ce qu'il se passe dans les Fraternités : le secret, le secret absolu, le secret plus fort que la mort.

— Il y a en ce moment aux USA, affirmait Rosario, trois hommes qui ont de belles situations, un avocat d'affaires, un banquier, le directeur d'une succursale de voitures. Ils sont liés par le secret de la Fraternité de White Home. Il y a dix ans, ils ont violé, tué et dévoré une jeune fille. Ce sont des citoyens au-dessus de tout soupçon. Tous les mois ils participent aux dîners de la Fraternité. On y donne de l'argent pour les œuvres. On garde contact. On s'épaule. Cela va du tuyau en Bourse à l'adresse d'un bon dentiste, qui se trouve d'ailleurs dans la salle, d'un avocat pour les divorces, d'un juge. C'est une société réellement fraternelle, qui ne rêve que de se serrer les coudes, qui sait où elle envoie ses enfants en vacances et avec qui sortent ses filles. C'est une société qui n'en finit pas d'aider les siens, de se sourire, de se féliciter, de se réconforter. Elle attend l'épreuve, celle où elle se montrera le plus solidaire. Ses deuils sont éclatants, pas une signature ne manque sur les registres de condoléances. Ses mariages sont éblouissants, c'est à qui fera le plus beau cadeau.

Et, prise dans son élan accusateur, Rosario continuait.

— Alors le jour où trois fils de leur Fraternité ont été compromis dans l'affaire de Candice, vous pensez s'ils se sont serré les coudes. Les juristes, les médecins, les industriels sont montés au créneau et les meilleurs avocats ont pris les choses en main. Il ne fallait pas que les garçons soient soupçonnés. Anthony, Harry et Buddy n'ont paru au procès que comme témoins à charge. Ils ont enfoncé David. Ils ont prétendu qu'ils le connaissaient à peine, comme s'ils ne vivaient pas sous le même toit, comme si David était venu un soir, tel un rôdeur, pour tuer une inconnue dans la chambre du rez-de-chaussée. La scène d'orgie a été nettoyée comme par enchantement, plus d'alcool, plus de drogue, plus de musique de sauvages : des étudiants en train d'étudier sagement dans leurs chambres.

À l'audience, Anthony a déclaré qu'il avait vu passer David dans le couloir avec un paquet qui lui avait semblé très lourd. Il lui avait demandé s'il pouvait l'aider. David avait paru violemment contrarié, il avait répondu que c'était son linge sale, qu'il s'en tirerait tout seul.

« Pensez-vous qu'il s'agissait d'un corps ?

— Oui, maintenant je le pense. Du linge sale, beaucoup de linge sale, ce n'est pas si lourd. Sur le moment, j'ai seulement pensé qu'il y avait une autre heure pour faire sa lessive. »

De son côté, Buddy a déclaré que la musique était si forte dans la chambre de David qu'il était allé frapper. Il avait dû tambouriner longtemps avant que la porte ne s'entrouvre sur David qui la tenait fermement pour ne pas l'ouvrir davantage. Mais Buddy avait pu voir qu'il était nu, le visage livide comme un type ébranlé par une forte commotion. Il n'était pas dans son état normal. Il ne comprenait pas ce que Buddy lui disait. Il n'a pas baissé sa musique. Harry a dû y aller à son tour. Il n'a reçu à travers la porte qu'une bordée d'injures mais la musique s'est arrêtée.

« Pensez-vous que David Dennis ait mis la musique pour étouffer les cris de la victime.

— Je le pense.

— Quand la musique s'est arrêtée, pensez-vous que la jeune fille était déjà morte ?

— Je le pense, sinon on aurait pu l'entendre appeler. »

Ces deux dernières questions et leurs réponses ont été retirées du dossier à la demande timide de l'avocat Floyd comme étant trop orientées à charge.

Personne n'a relevé les empreintes d'ADN d'Anthony, de Buddy et de Harry. Personne n'a fouillé leur chambre. Personne n'a regardé dans la poubelle, personne n'a ouvert le réfrigérateur. Personne n'a cherché l'alcool et la drogue. Personne n'a examiné leurs corps. Et pourtant la planche de surf ensanglantée de David a été retrouvée dans la maison. Elle avait servi à faire glisser le corps sur la plage, jusqu'à la crique. La ficelle de la planche était la même que celle qui liait les poignets de Candice.

19

Ils avaient pour eux le gouverneur, le procureur, les présidents et les conseils d'administration de Rosebud et de Stone. Ils avaient pour eux le juge, le shérif, le médecin légiste. Ils ont eu pour eux le jury. Quel cabinet d'avocats, quel maître du barreau, quel défenseur des droits de l'homme David avait-il à leur opposer ? Martha avait remué ciel et terre. Elle racontait le Nord contre le Sud, un enfant du Nord pris dans le piège du Sud, le Sud qui réglait son compte au Nord, le Sud qui faisait payer au Yankee la mort de la plus belle de ses filles... Ils ne la laissaient pas continuer. Il n'y avait qu'une histoire défendable : les Noirs contre les Blancs. David Dennis n'était pas noir. Alors ? Qu'il plaide coupable. Il trouverait bien un arrangement. Sinon, avec une pareille affaire, ce serait la peine de mort !

Elle avait échoué dans le cabinet de Volko et Rosso, détectives privés, résolution d'affaires en tout genre, espionnage industriel. C'est « espionnage industriel » qui lui avait donné confiance. Parce que le cinquième étage au bout d'un escalier rosâtre qui conduisait à la porte chocolat de Volko et Rosso avait de quoi dissuader les plus aguerris. Aguerrie, elle ne l'était pas, juste soutenue par la Rédemption qui lui avançait la consultation de Volko et Rosso.

Elle eut d'abord affaire à Rosso, grand sourire carnassier, qui semblait plus qu'adhérer à l'affaire du Sud. La seule fois où il l'interrompit ce fut pour suggérer que « la fille devait être une pute que se tapait tout le campus », réflexion qui fut loin de déplaire à Martha. Rosso avait une façon un peu rude de formuler ses doutes sur la vertu de Candice, mais puisque c'était lui qui le disait... Et puis Volko est entré. Il n'était pas aussi sympathique et détendu que Rosso. Tout enchifrené sous une chapka en poil de lapin gris, il écouta l'histoire. Le Sud contre le Nord, il y croyait moins que Rosso. « Oh la la ! » dit-il. Vu avec le recul, ce n'était pas une si mauvaise opinion et Volko s'était d'emblée fait une idée assez juste de la situation.

Jusqu'à ce que Rosario vienne lui prêter main-forte, après le procès hélas, Martha resta l'otage de l'humeur enjouée de Rosso et du caractère chagrin de Volko. Tard dans le printemps, elle le vit sans chapka et ce qui lui servait de chevelure ressemblait aussi à du poil de lapin. Elle pensa qu'il n'était pas sain de se mettre de la fourrure sur la tête. À force, il devait se produire une fusion des poils. Quand Rosso l'accueillait, elle ressortait ragaillardie, quand c'était Volko, elle déprimait.

De la première enquête que Rosso mena sur place, il rapporta des documents très intéressants sur le circuit de la drogue entre Norfolk, port de guerre, et l'université de Stone. Il n'eut aucun mal non plus à trouver le type qui fournissait Stone en alcool de contrebande et à prouver que, durant leur installation à White Home, Anthony, Buddy et Harry avaient acheté une quantité énorme de tequila. Il rapporta surtout une bande magnétique enregistrée à l'insu d'Anthony. Il demanda à Martha d'en lire attentivement la transcription.

« Anthony : Quand on est arrivés, David était déjà dans la maison. C'est lui qui nous en a fait les honneurs. Il nous a dit qu'il était là depuis deux ans.

Rosso : À Stone ou dans la maison ?

Anthony : Les deux, je suppose.

Rosso : Reprenez.

Anthony : C'est moi qui lui ai présenté Candice. Nous étions tous les deux de Richmond. Nous étions sortis ensemble l'été précédent et c'est avec moi que Candice avait couché la première fois.

Rosso : Elle avait seize ans ?

Anthony : Oui, presque. Normal qu'elle m'accompagne et m'aide à m'installer dans ma Fraternité. Elle venait me rejoindre tous les week-ends. Le premier week-end David n'était pas là. J'ai présenté Candice à Buddy et à Harry. Ils ont trouvé que c'était une très jolie fille.

Rosso : Comment étiez-vous installés dans la maison ?

Anthony : David avait pris la chambre du bas, la plus calme et la plus confortable, sur l'arrière de la maison. Cela lui faisait avec la cuisine, la salle de bains et le salon, un véritable appartement. Nous avons occupé naturellement les trois chambres du haut qui se partageaient la deuxième salle de bains. Il n'y a pas eu d'histoire entre nous. C'est la règle que les élèves les plus anciens ou les plus âgés choisissent d'abord. Et puis il nous a paru sympa. Il nous a dit de nous servir des bières qu'il avait mises à rafraîchir dans le *fridge.* Il nous a dit que s'il ne supportait pas une chose, c'était les comptes mesquins entre colocataires, les types qui marquent le niveau du ketchup sur la bouteille ou qui piquent des crises parce qu'on a tapé dans leurs céréales. On remplaçait ce qu'on prenait, c'est tout. Il nous a dit qu'il n'aimait pas non plus les tours de rôle, que cela ne marchait jamais. Qu'une fois pour toutes il s'occupait du bas, y compris de la poubelle et des W-C, et qu'on s'occuperait du haut. Qu'il n'irait pas voir ce que l'on y ferait et qu'on ne viendrait pas voir ce qu'il faisait. Évidemment le salon était commun, il a cligné de l'œil. Le meilleur en première année, c'était les filles, et il nous souhaitait de les recevoir plus souvent dans nos chambres qu'au salon. On l'a trouvé cool, surtout pour un type qui était en thèse, qui avait beaucoup de boulot et des horaires aberrants.

Rosso : Candice ?

Anthony : Comme je vous l'ai dit, Candice est venue pour le premier week-end. Elle s'est installée dans ma chambre en disant qu'elle était tellement frustrée de garçons à Rosebud qu'elle envisageait de suivre ses cours là-bas tout en vivant chez nous. Elle trouvait qu'on était mieux installés dans notre maison que les filles de sa promotion dans leur immeuble avec dix chambres par étage. Avec ce que coûtait Rosebud, chaque étudiante aurait pu être logée dans une maison particulière, ce n'est pas la place qui manquait. Mais les élèves de première année étaient regroupées pour créer une communauté. Cela les empêchait de recevoir des garçons. Il fallait passer devant dix portes avant de frapper à la bonne et voir dix filles en manque qui ouvraient toutes au même moment ! Harry a dit que l'idée lui plaisait et que si Candice l'invitait, il irait volontiers frapper à sa porte.

Rosso : C'était une proposition ?

Anthony : Oui, si on veut. On flirtait. Cela ne me contrariait pas que Candice plaise à Harry. On n'était pas mariés. Et même — c'est pénible à dire maintenant qu'elle est morte —, j'avais été moyennement heureux de la voir débarquer si vite à Stone. Comme l'avait dit David, j'espérais beaucoup d'expériences, beaucoup de filles. En la voyant arriver, j'étais content parce que c'était une fille plutôt cool (sanglots dans la voix) mais j'avais peur qu'elle veuille se mettre déjà à la colle. J'ai été soulagé de voir qu'elle était dans le même état d'esprit que moi. Elle aussi voulait un maximum d'expériences. Je n'ai pas été jaloux quand elle est allée dans la chambre de Harry. À partir de là, c'était presque obligé qu'elle aille aussi avec Buddy. C'est la première fois que Buddy couchait avec une fille. Oui, c'est Buddy qui semblait le plus attaché. En tout cas, il a fait la gueule quand Candice est venue me retrouver. On a mis les choses au point entre nous. On n'était pas là pour se gâcher la vie, surtout pour une fille. Je ne sais pas qui a dit, en faisant référence à David, qu'on n'allait pas mesurer le niveau du ketchup ou marquer nos initiales sur les œufs, qu'on allait aussi partager Candice, qu'elle serait notre *pet.*

Rosso : *Pet*?

Anthony : Oui, *pet.* C'est connu. Les étudiantes de Rosebud servent de minous aux Fraternités de Stone. Elles font le ménage sexuel, quoi. Un *pet* c'est un lapin, une cochonne, vous savez bien.

Rosso : Une pute quoi !

Anthony : Non, une cochonne.

Rosso : Quelle différence faites-vous entre pute et cochonne ?

Anthony : Une pute on la paie, la cochonne elle fait gratis.

Rosso : Et David ?

Anthony : On était là depuis trois semaines, on l'avait pas beaucoup vu. D'un côté notre rentrée, de l'autre sa thèse. Il restait bosser tard à la bibliothèque. Mais la cuisine était impeccable, la poubelle triée et toujours de la bière au frais. C'était une lointaine présence rassurante, comme si quelqu'un veillait sur nous. Parfois on apercevait son vieux 4 × 4. On s'étonnait qu'un étudiant de son niveau conduise cette mocheté. Mais il nous semblait si chic qu'on a même eu là-dessus un doute. Et si le fin du fin n'était pas, au lieu d'une Porsche, de prendre un truc comme ça, passe-partout, de réduire la voiture à ce qu'elle était, un engin pour se déplacer, un truc sans importance.

Rosso : Quand David a-t-il rencontré Candice ?

Anthony : Un des week-ends suivants. On était tous les quatre dans le salon. On venait de rentrer et on avait pas mal picolé. On prenait un dernier verre. On parlait sexe. Candice a demandé si on avait déjà pratiqué la sodomie.

David était devant la porte, il nous observait. Ça m'a dessoûlé parce que c'était des paroles entre nous, qu'on n'aurait pas prononcées devant un étranger. Il m'a semblé très étranger soudain, devant la porte, comme s'il ne vivait pas avec nous, comme s'il était... un fournisseur, quelque chose comme ça, bref quelqu'un qui ne pouvait pas comprendre qu'une fille comme Candice dise ces choses-là.

Il nous a mis à l'aise. Dès qu'il ouvrait la bouche, il mettait tout le monde à l'aise avec son expérience du monde, cette façon d'être cool. Il a tendu la main à Candice : Bienvenue. C'était comme s'il l'accueillait chez lui. Il avait retourné la situation, nous étions des visiteurs qui, sans y être invités, attendaient en buvant ses bières que le maître de maison rentre chez lui. Bienvenue. Elle lui a donné son nom. Pour David pas de Candice, tout de suite Candy, le diminutif doux et rond, le petit nom à lécher, à sucer, à croquer qu'il gardait dans la bouche avec gourmandise. Il répétait Candy, Candy de Rosebud, il lui tenait la main.

Puis il a dit qu'il allait se coucher parce qu'il avait eu une dure journée et que le lendemain serait pire. En nous quittant, il a ajouté qu'il n'y avait pas de beurre dans le *fridge*. Qu'il préférait nous prévenir pour qu'on ne se mette pas des idées en tête. Puis il a dit à l'adresse de Candice : C'est bien mieux sans beurre.

Rosso : Est-ce la phrase exacte qu'il a dite ?

Anthony : Oui, c'est la phrase exacte.

Rosso : Est-ce que Candice a passé la nuit chez lui ?

Anthony : Elle ne l'a pas passée chez moi.

Rosso : Alors, elle est allée chez lui. Vous avez bien dû le savoir. Vous en avez discuté entre vous.

Anthony : Oui, elle a passé la nuit chez lui.

Rosso : Il lui avait donné rendez-vous ?

Anthony : Non.

Rosso : Elle y est allée comme ça ?

Anthony : Oui, comme ça.

Rosso : On peut dire qu'elle est devenue sa maîtresse ?

Anthony : Si vous voulez dire qu'elle n'est pas retournée avec nous, oui.

Rosso : Il était son seul amant.

Anthony : Je le crois.

Rosso : Et vous l'avez accepté ?

Anthony : On a eu du chagrin. Voyez-vous, c'était un étranger...

Rosso : ... comme un fournisseur, quelqu'un qui n'a pas droit à la *pet*?

Anthony : Pas droit à la *pet.* »

— Qu'est-ce qu'il vous en semble, madame Dennis ? avait demandé Rosso à Martha.

— David avait une liaison avec cette fille.

— Personne ne peut le nier. Une liaison

parfaitement consentie et volontaire de part et d'autre. Ils ont couché ensemble toute la semaine, jusqu'à la dernière minute. Mais le reste, madame, le fait que Candice était une vraie pute ? Est-ce que je ne vous l'avais pas dit ? Cette histoire, c'est sexe et secret.

20

— Qu'est-ce que vous en dites ? me demanda Rosario quand j'eus fini de lire le script de la bande.

Il allait dans le sens de ce que nous pensions : une machination. Une communauté fermée et élitiste collait un meurtre sur le dos d'un étranger de passage. On voyait que les garçons ne prenaient pas si bien que cela le partage de la fille. Si Anthony, le protecteur officiel de Candice, n'avait pas toléré que David ait entendu les propos osés de Candice, il avait encore moins accepté qu'ils soient mis en pratique à White Home. Les garçons étaient frustrés devant David, ce type qui leur en imposait et qui ne jouait pas dans la même catégorie. De là le désir de le voir tomber de son piédestal, et tant qu'à faire, de l'enfoncer. De son côté, Candice avait trahi pour l'étranger, le plus vieux, celui qui avait le plus d'expérience. D'un coup, elle avait renié les amours de Richmond avec Anthony, les essais malhabiles de Harry et la première fois de Buddy. Elle les narguait sous leur propre toit. Tout s'expliquait, l'opération punitive sur Candice, les charges contre David : un crime parfait. Sans compter l'alcool, Rosso y faisait sans cesse allusion. Et aussi la drogue qui, si elle circulait entre Norfolk et Stone, ne devait pas s'arrêter à la porte de la Fraternité. Il est probable qu'avec leur entrée dans la vie active, les garçons aient voulu toucher à tout.

— Et aussi à la drogue, dis-je.

— La drogue ! jubilait Rosario.

Anthony en avait jusqu'aux yeux. C'est comme cela que Rosso l'avait piégé. Il lui avait offert de la drogue, il en avait plein le nez quand il s'était allongé. L'alcool et la drogue expliquaient non seulement le passage à l'acte mais les tortures. Ils s'étaient acharnés sur le corps dans un accès de délire. Et le plus délirant avait mis toute sa force à défigurer Candice.

— Alors, demandai-je à Rosario. Qu'est-ce que le jury a fait d'un tel témoignage ?

— Rien. Rien parce que la bande et le script ne sont même pas allés jusqu'au jury. Ça s'est arrêté, figurez-vous, au propre avocat de David, le dénommé Floyd. Barry Douglas Floyd ! Il a déclaré qu'il ne voulait pas d'un document obtenu dans de pareilles conditions, qu'il ne pouvait en faire état.

Rosario soupçonnait Floyd d'avoir communiqué la bande à la partie adverse. Avec ce document, l'accusation avait verrouillé la procédure. Aucune allusion à la vie privée de la victime mineure. Aucune allusion visant à compromettre les témoins. L'alcool se réduisit à la prise occasionnelle d'une bière ou deux. De la drogue, aucune trace. Même si Anthony avait été envoyé en cure de désintoxication.

Rosso ne désarmait pas, il s'acharnait sur Candice. Il avait trouvé à Richmond les preuves de sa précocité sexuelle. On lui avait parlé d'un voyage en France où Candice se serait très mal conduite, harcelant le père de la famille dans laquelle elle était reçue, s'intéressant moins aux jeux de son alter ego de treize ans qu'à ce que pouvait lui apporter le jeune papa. Il y avait eu un échange de lettres désagréables entre les familles et Candice avait été rapatriée plus tôt que prévu, ce qui avait entraîné le surcoût de son billet d'avion. Le différend ne portait pas sur le fond du problème, le dévergondage de la jeune fille, mais sur le règlement du billet, somme infime que l'une ou l'autre famille pouvait régler mais qu'elles ne voulaient pas assumer au nom de leur blessure d'amour-propre.

— Je vais à Paris, avait proposé Rosso. Je vais faire parler le type, il en a gros sur la patate.

— Non, pas Paris ! avait supplié Martha.

Elle avait reçu la facture du voyage à Norfolk, la chambre d'hôtel, les restaurants de Rosso et même la drogue d'Anthony sous la rubrique « frais imprévus ». Anthony avait parlé pour très cher.

Dans cette affaire, Rosso n'avait qu'une obsession, prouver son intuition première que Candice « était une pute ». Mais comme l'avait bien compris Martha, l'aurait-il prouvé, et même l'aurait-elle été, en quoi cela pouvait-il disculper David ? Rosso faisait fausse route. Volko avait bien mieux cerné le problème, il le situait chez les jeunes gens de la Fraternité, seuls témoins à charge. Le témoignage d'Anthony racontant qu'il avait croisé David dans le couloir vers six heures du matin, celui de Buddy qui l'avait vu avec une planche de surf et qui lui avait demandé si la marée était bonne, pesaient une tonne contre David. Ils sous-entendaient qu'il avait eu tout le temps de se débarrasser de Candice sur la plage, après l'avoir tuée et mutilée. De son côté, David jurait qu'il était parti à trois heures et demie, quatre heures tout au plus, déjà en retard sur son programme.

Les jeunes gens avaient menti. Il aurait fallu les entendre, les interroger, les confondre. Rien n'avait été fait. Un passage rapide à l'audience, le minimum de présence en chemise bleue et blazer noir, cravate de la Fraternité. Anthony, Harry, Buddy, interchangeables comme les membres d'une équipe de foot. Il faudrait les retrouver. « Ma pauvre dame, disait Volko, on n'approche pas des gens comme ça. »

Au procès, en simples témoins, ils étaient conseillés par une armée de coachs, de psychologues, d'avocats qui leur avaient fait répéter tous les mots et tous les gestes. Bien sûr, le procureur Benbow ne les ennuierait pas, mais il se pouvait que l'accusé les provoque. Qu'ils ne répondent pas, qu'ils évitent son regard. Qu'ils ne regardent que le juge Edward, pas l'accusé. S'ils se sentent nerveux, attention aux mains. Les tenir en dehors du regard du jury, bien à plat sur les cuisses, qu'on ne les voie ni rougir ni suer. Les talquer légèrement avant. Mettre beaucoup de déodorant, du Grey Flanel. Quand ils passeraient devant le jury, il reconnaîtrait l'odeur de l'innocence.

Mais maintenant, comment les faire parler ? Le déni est une forteresse qui sécrète de la pierre à chaque dénégation. Ils auraient pu se reconnaître coupables le matin du crime, ils auraient pu encore avouer à la découverte du corps. Au procès, ils étaient enfermés dans leur donjon. Aujourd'hui, ils étaient si innocents qu'au moindre soupçon ils vous lâcheraient leurs avocats. « Ce sont des gens, quand leur réfrigérateur est en panne, avant de faire venir le dépanneur, ils appellent leur avocat pour coller un procès à la marque. »

Le rêve de Volko aurait été que les parents

de Candice se retournent contre les familles des garçons, Stone contre Rosebud, le procureur contre le juge. David n'aurait pas été là, ça ne se pouvait pas ; mais David étant là, ça se pouvait encore moins. « Celui-là, on peut dire qu'il a touché le gros lot. Il a encaissé le crime et rendu l'innocence à trois fils de famille. En échange de quoi, les fils de famille ont rendu sa virginité à Candice. Tous innocents, la fille vertueuse. Donc le viol indispensable. CQFD. »

— Le viol, justement, dis-je à Rosario. S'il y a eu rapports sexuels, il n'y a pas eu viol. S'il y a eu viol, il doit bien y avoir des preuves...

— En Virginie, toute relation sexuelle avec une mineure de moins de dix-huit ans s'appelle viol, m'apprit Rosario.

21

Je comprenais que Rosso veuille faire la preuve de l'inconduite de Candice, qu'il cherche à démontrer qu'elle était libre depuis très longtemps, pour retirer à l'accusation le motif aggravant de viol. Mais c'était une obsession de sa part de traiter toutes les filles de putes. Sa façon de le dire et de le sous-entendre en permanence était ignoble. Car, quel que fût le degré de liberté dont Candice avait joui, rien n'autorisait le détective à la traiter ainsi. Jusqu'à preuve du contraire, elle n'avait pas fait l'amour toute seule, elle n'avait pas forcé Anthony, Harry ou Buddy. Ils avaient été consentants, que dis-je, preneurs, et le jeune père de famille français avait une sexualité bien fragile pour s'être laissé bouleverser à ce point par une petite fille.

Cochonne, chienne, éponge, minou. Je ne sais pas si les mots étaient plus chics en anglais. Tout ce que je sais c'est que c'étaient les mêmes mots partout. Mon cœur se serrait. Les mêmes insultes, la même violence, la même folie. La majorité des meurtres commis sur des femmes l'était par des types drogués, alcoolisés ou seulement en chasse qui se faisaient à mort une fille, connue, inconnue, vieille, jeune, consentante ou non consentante, à demi consentante ou absolument réfractaire.

Et sur le cadavre de la femme violée, ils remettaient ça : avec des objets, plusieurs objets, de quoi garnir les vitrines d'un institut médico-légal. Cran au-dessus : morsures, lacérations, démembrements. Et pour quelques artistes, cannibalisme cru ou cuit. Pour finir, une seule idée, faire disparaître le corps. L'enterrer, le noyer ou y foutre le feu ? Chercher de l'essence, arroser, craquer une allumette. La salope, la cochonne a son compte, elle est carbonisée, elle est anéantie, de la poussière sur la terre.

Dans la liste des condamnés en partance pour le grand voyage, le voisin de cellule de David Dennis avait fait cinq victimes, une nuit de ravage quand il s'était introduit dans la maison d'en face. Il avait d'abord violé, tué, mutilé la mère avant d'assassiner les quatre enfants endormis et, pour parfaire son œuvre, égorgé le chien. Bien sûr, il avait mis le feu à la baraque. Il a plaidé les circonstances atténuantes, il s'est trouvé des excuses. Quelles excuses ? Le goût refoulé de la mort, l'instinct frustré du meurtre ?

David Dennis s'était battu comme un beau

diable contre l'accusation de viol qu'il trouvait révoltante. Rosario m'avait expliqué qu'il s'était insurgé dès l'instruction en lisant le rapport médico-légal qui expliquait que les lésions sexuelles du cadavre n'avaient pu être causées que par une « pénétration forcée ». David avait demandé que l'expression soit invalidée comme trop orientée. Le légiste avait précisé qu'il utilisait le terme « forcé » dans son sens médical, qu'il voulait simplement dire que la force avait été utilisée, sans se prononcer sur le consentement de la victime. L'avocat de David n'avait pas cru bon de poursuivre dans ce sens.

Au procès, le légiste s'était livré à un exposé détaillé dans lequel il affirmait que les lésions vaginales avaient été causées par « une violente pénétration ». Non seulement il n'avait pas tenu compte des réserves de David, mais il entraînait la conviction du jury. « Violente pénétration » était bien plus évocateur que « pénétration forcée ».

David demanda à la cour une contre-expertise pour contredire le témoignage du légiste car les seules preuves du viol étaient toutes dans les formulations de l'expert officiel. Le juge Edward refusa la requête. Le jury conclut donc au viol physique en plus du viol légal sur la foi d'un seul rapport d'expertise dont Rosario affirmait qu'il était douteux puisque établi par un médecin qui avait partie liée avec Rosebud.

J'admirais la combativité de David, seul, pauvre, desservi par un avocat qui ne croyait pas en son innocence et qui le sommait d'avouer sa culpabilité : « Il faut arrêter ça très vite avant que cela ne devienne carrément répugnant ! Pas de détails s'il vous plaît et aucun mot du corps, vous comprenez ! Personne ne vous le pardonnera ! Restons-en au meurtre, n'abordons le viol que pour réfuter l'accusation, et le reste, vous savez quoi, qu'il n'en soit jamais question. »

Quand je l'avais rencontré à Greenleaves, David s'était montré assez procédurier. Il semblait déçu que je n'aie pas pris la peine d'étudier son cas avant de le voir, ce que de toute façon je me serais interdit de faire. Il voulait parler, mais pas de la pluie et du beau temps, pas de la peine de mort aux USA, pas des conditions de détention, sujets généraux vers lesquels je l'entraînais. Il voulait parler de son affaire et d'abord du présumé viol qui l'avait envoyé dans le couloir de la mort.

Il était furieux qu'aucun témoignage ne soit venu contrebalancer le rapport inique du légiste, en particulier qu'aucun des colocataires n'ait raconté la scène qui s'était déroulée une semaine avant le meurtre, quand Candice avait déclaré devant tout le monde qu'elle recherchait de nouvelles expériences sexuelles et qu'elle avait fini la nuit avec lui. Elle était venue de son plein gré dans sa chambre, elle y était restée. Le soir du crime, elle avait encore préféré y dormir plutôt que de revenir à Rosebud comme il le lui avait proposé. Était-ce assez démontrer qu'il n'y avait pas eu viol ou que s'il avait eu lieu, ce n'était pas de son fait mais de celui des autres.

— Je n'ai pas mesuré à quel point les garçons étaient jaloux de moi. Tout a été bien entre eux et moi jusqu'au jour où ils m'ont présenté Candy, qu'elle est venue avec moi et qu'elle y est restée. Ils ont été humiliés.

Il disait Candy avec beaucoup d'affection. Il en parlait comme d'une amie dont il regrettait le sort terrible, bien plus terrible que le sien. Au bout de dix ans d'incarcération, de procès et d'appels, en fin de course, dans l'attente de l'exécution, elle n'était pas devenue son ennemie, la cause principale de son malheur. Il regrettait seulement d'être lié, à la vie et à la mort, à une jeune fille qui lui avait été au fond assez indifférente. Rien à voir avec la passion vindicative, bornée, jalouse, ravageuse et punitive, le désir de mort que lui avait prêtés le procureur Benbow dans son réquisitoire. Il avait pris leur liaison pour ce qu'elle était, une nouvelle expérience érotique pour l'un et l'autre. Candy ne l'aimait pas plus qu'il n'aimait Candy. Il aimait Susan. C'est avec Susan qu'il avait envie de vivre. Il ne lui avait jamais parlé de Candy..., un bonbon, une friandise, une aventure sans importance.

Le procureur Benbow tenait à ce qu'il y ait eu viol, pas rapports sexuels librement consentis entre une mineure peut-être, mais expérimentée, et un adulte dans la chambre d'une Fraternité. Qu'y avait-il pourtant de moins crapuleux ? Si David ne s'était pas inquiété de l'âge de Candice, c'est parce qu'elle faisait plus et que, dans le contexte des amours communes de la Fraternité, elle se comportait en fille libre qui n'en est pas à sa première histoire. Le procureur Benbow tenait à ce qu'il y ait eu viol pour lui mettre sur le dos un meurtre aggravé. Les deux accusations avaient été jugées séparément mais réunies en fin de compte dans une logique effrayante : il la viole, il la tue pour qu'elle ne parle pas. Le viol était la cause du meurtre. Le meurtre était donc aggravé. David le disait et le redisait : il n'y avait pas eu viol.

Quand il aborda l'accusation d'actes de barbarie qui ficelait le tout, je crus avoir mal compris et je me rapprochai de la vitre. Il demandait depuis le premier jour que fussent examinées les empreintes des dents.

— Vous dites ?

— Les empreintes des dents.

— Ah !

— Pourquoi l'ont-ils toujours refusé ? C'est la seule preuve, me disait-il en avançant son visage vers le mien, la seule qui me disculperait totalement. On a trouvé mon sperme, on a trouvé son sang, on a trouvé nos traces mêlées dans la chambre et la salle de bains. Mais les marques des dents ne sont pas les miennes. Si je demande cet examen depuis le début, c'est que je suis innocent. Pour le juge, l'examen vaginal, le test d'ADN sont des preuves suffisantes qui prévalent sur toutes les autres mais elles ne m'arrangent pas, elles ne me suffisent pas à moi.

Il faut les obliger, me disait-il en martelant les mots, à examiner les empreintes des dents ! C'est ma dernière chance.

22

Au bout de dix ans et d'un nombre incalculable de procédures, Rosario croyait qu'il était encore possible de revenir sur la qualification du meurtre et d'obtenir l'examen des empreintes. Tout le procès avait été truqué. Floyd, l'avocat commis d'office, n'avait jamais cru à l'innocence de son client, il n'avait même pas fait semblant. Il faisait de la figuration, le visage tourné vers le juge Edward, son maître. C'est sa faute si le jury avait été manipulé par le rapport de l'expert. C'est sa faute si la cour n'avait pas fait état du rapport de Rosso, sa faute également si Anthony n'avait pas été convoqué à la barre pour raconter les événements de la semaine qui avait précédé le meurtre, du premier samedi soir où Candice avait accompagné David dans sa chambre au fameux dimanche soir où elle y était restée. Ce qu'il aurait fallu qu'Anthony dise à la barre et sous serment, c'est que Candice était allée chaque soir de la semaine dans la chambre de David, oubliant un slip, des chaussettes, un maillot de bain, empruntant une serviette, se lavant les cheveux avec son shampooing, dormant avec son tee-shirt.

Floyd n'avait pas demandé la comparution d'Anthony, mais il avait laissé convoquer Janet.

— Janet ?

— Janet Leigh, l'ex-femme de David, dont il avait divorcé un an avant de rencontrer Candice. Quand on savait comment s'était passé le divorce, de quoi elle l'avait déjà accusé pour recevoir le maximum de pension alimentaire, avec quelle mauvaise foi elle l'avait dépouillé de son compte en banque et de sa voiture neuve ! Elle l'avait quasiment obligé à s'enfuir et à refaire sa vie ailleurs ; il était parti pour ne pas être harcelé par ses demandes permanentes de fric.

Quand Martha avait vu Janet s'asseoir dans le box des témoins, son cœur s'était soulevé, comme il s'était soulevé quand David l'avait amenée à la maison. Il avait accompagné l'entrée de Janet d'une marche nuptiale qu'il fredonnait « tagada, tagada, tagada ». La fille était dure, osseuse, vieille : trente, trente-cinq ans déjà, renseignements pris seulement vingt-neuf, il en avait vingt-deux. Elle était maquillée comme les Blanches des classes laborieuses, avec beaucoup de fard sur les paupières. Elle avait les sourcils trop épilés, les cheveux cartonnés de laque, un collier de boules blanches autour du cou. « Tagada, tagada, tagada », continuait David en lui serrant la taille. Elle n'avait pas besoin qu'il lui dise que la fille était serveuse, qu'elle était divorcée et qu'elle avait un enfant de sept ans. Tout était inscrit dans le pli de la bouche, le menton trop fort et les joues creuses. Tout était là et c'était le pire.

Janet piaillait : « *Honey ! Sweet ! Great !* » comme si elle voulait marquer le contraste entre la froideur désolée de Martha et une exubérante affectivité que démentait pourtant quelque chose de sec et de fatigué dans tout le corps. « Qu'est-ce qu'il y a ? » attaqua David. Il ne s'était rien passé entre la marche nuptiale et l'explosion de sa colère. « Qu'est-ce que tu as ? Tu fais la gueule ? » Il lui rappela que Janet Leigh la valait bien, qu'il ne voyait pas de différence entre cette femme avec son fils et le duo qu'ils avaient fait ensemble sauf, il était triomphant, que Janet avait réussi à se faire épouser et qu'elle, elle était restée seule, toute seule. « Et cet enfant sera le mien, martelait-il, je l'élèverai, je l'adopterai. » Ils rebroussèrent chemin. Martha n'avait rien dit et Janet partait comme si elle l'avait personnellement offensée.

— Je ne sais pas ce que j'ai fait, nous confiait Martha. J'étais surtout contente qu'ils partent. Ils étaient si peu restés que j'ai pensé longtemps que c'était une apparition, qu'il ne s'était pas marié ou que, s'il s'était marié, c'était avec une fille qui faisait des études, une journaliste, une avocate qui le tirerait vers le haut. Après, je me suis fait une raison, ce ne pouvait être que transitoire, Janet n'était qu'un substitut de mère, elle le mettrait sur le droit chemin et l'élèverait avec son fils, bien mieux que je n'avais su le faire.

Elle avait eu du remords à l'égard de Janet. En l'acceptant, elle aurait réparé tous les mauvais accueils qu'elle avait reçus partout où elle était allée, les logeurs, les employeurs, les instituteurs, les services sociaux, les assurances, tout ce qu'elle avait elle-même subi avec David enfant, ce harcèlement de la misère qui durcit les traits et fait parler faux, avec trop de chaleur ou trop d'aigreur. Elle avait sincèrement regretté sa froideur, jusqu'au divorce où Janet, dure, vindicative, avait accusé David de mauvais traitements. Elle avait expliqué que son fils était profondément perturbé par ce beau-père violent et instable.

Et c'est avec le même visage apprêté, méchant, avec une lumière de triomphe dans le regard qu'elle s'était présentée au procès. Le juge voulait savoir si elle avait été victime de violence. Elle produisit un certificat pour coups et blessures. Le médecin signalait des hématomes sur le visage, des lésions du cuir chevelu, des traces de strangulation sur le cou, des contusions sur le thorax.

— Vous pouvez expliquer comment cela s'est passé ?

— Nous avions un rapport sexuel, il était très brutal, je lui ai demandé d'arrêter. Il était comme fou, il est monté à genoux sur ma poitrine, il a essayé de m'étrangler. J'ai réussi à m'échapper. Il m'a rattrapée. Il m'a prise par le cou et m'a cogné la tête contre le mur. Mon fils pleurait. Heureusement, les voisins sont venus frapper à la porte. Il a arrêté, j'ai pu m'enfuir. On m'a accompagnée à la police, un médecin m'a examinée, il a fait le constat.

— Vous avez entendu, avait repris le procureur Benbow en direction du jury, l'exact déroulement de la scène qui a conduit la victime à la mort. C'est in extremis que Janet Leigh a été sauvée grâce à l'intervention des voisins. Pour Candice, la porte ne s'est pas ouverte, David Dennis la tenait fermée à double tour. Elle n'a pas pu s'enfuir. Sans ses voisins, Janet Leigh serait à la place de la victime, morte, mutilée.

Et Floyd n'avait pas cru bon d'intervenir, ni même de procéder à un contre-interrogatoire qui aurait fait apparaître qu'après cette prétendue scène d'horreur Janet avait repris la vie commune.

— Et que vouliez-vous que je fasse, avait-il répondu aux reproches de David, prolonger cette abomination ? Vous croyez que tout le monde n'en a pas assez des cris, des coups, du sexe ? Vous avez vu le jury chaque fois que l'on prononce tous ces mots du corps ? Vous avez vu la tête du juge Edward quand on parle de sexe ? Que vouliez-vous que cette femme vienne dire encore ? Que vous l'aviez violée ? Vous vouliez que les jurés, après les coups, les blessures, les strangulations et le reste, entendent encore parler de viol ?

23

David était violent. Il explosait souvent et n'arrivait pas toujours à se contenir. Une vague de colère l'emportait, puis il retrouvait son calme. C'est ce que Martha avait constaté à la maison. À l'extérieur, il était agréable, populaire et drôle. Elle était heureuse de n'avoir confié à personne qu'il avait essayé de l'étrangler. Il avait douze ans, c'était la semaine de Pâques, l'année de « Courage et Civisme ». Il n'avait pu partir en camp de vacances et il passait la journée devant la télévision.

Quand elle était rentrée, les lumières étaient éteintes, la télé encore chaude. Elle avait dit : « Je sais que tu es là. Montre-toi. » Il l'avait attaquée par-derrière, un bras en travers du cou et l'avait fait tomber. Elle jouait encore. « Tu m'as bien eue, tu es un vrai GI. » Mais il n'avait pas desserré sa prise et elle s'était retrouvée en train de se battre de toutes ses forces contre son propre fils. Heureusement, ce n'était encore qu'un enfant et elle avait réussi à se dégager, à allumer. Il était effectivement déguisé en GI avec une tenue camouflée, du cirage noir sur le visage et un bandana noué autour du crâne.

Elle s'était demandé si elle devait en parler à la psychologue, ou même si elle ne pourrait pas se servir de cette histoire afin d'envoyer David en vacances, pour montrer à quelle extrémité la solitude pousse les enfants. Mais l'intuition d'un danger l'avait empêchée d'évoquer la scène, même devant sa mère qui aimait pourtant les histoires de GI et qui aurait sans peine dédramatisé ce qui s'était passé. L'incident était resté entre eux comme une menace. Elle ne saurait jamais ce qu'il avait dans la tête ce jour-là. Quand Janet Leigh était venue témoigner, cette scène lui était revenue à l'esprit, sa chute, les meurtrissures de son cou, le souffle coupé et la force extraordinaire du bras qui lui barrait la gorge. Et les circonstances présentes, cette femme dolente, le jury attentif, les faits exposés, donnaient à cette histoire d'enfance une dimension effrayante.

— Personne ne le sait, pas une psychologue, pas une assistante sociale, ma mère elle-même ne l'a pas su, et ma mère est morte. Martha nous balançait son secret.

Peut-être David la haïssait-il et à travers elle haïssait-il toutes les femmes ? Elle se sentait mauvaise pour lui, mauvaise pour ne pas lui avoir donné de père, mauvaise pour cette éducation exigeante et laxiste. Elle lui avait demandé des choses difficiles sans lui en donner les moyens. Elle aurait rêvé qu'il fasse des études mais n'avait pas économisé assez d'argent pour les lui payer. Il s'était dispersé dans plusieurs boulots qui n'assuraient que sa survie, amputaient son temps d'étude et l'empêchaient de s'investir totalement dans la vie pratique. Entreprenant comme il était, il aurait pu devenir chef de rang, manager d'un restaurant, directeur d'une chaîne. Ce sont ces carrières imaginaires dont il se vantait, pas les métiers dont rêvait sa mère : avocat, médecin, ingénieur. Pauvre David-la-parade ! David-la-parade devant sa mère, devant sa grand-mère qui lui demandait toujours, l'air curieux et gourmand à la fois : « Qu'est-ce que tu nous as encore fabriqué aujourd'hui ? » Et lui, glorieux, ficelait sa petite histoire. David-le-héros-du-jour, lui devant, tous derrière.

Il répétait un nombre incroyable de fois qu'il était fort, qu'il était bon, qu'il savait mieux que les autres. Peut-être était-il anormalement peu confiant en lui. Tant que sa grand-mère avait été là, elle avait été le garant de son avenir : « Ce garçon ira loin, aussi loin que le grand-père, c'est de la vraie graine de GI, courageux, pas froid aux yeux. Y en a pas beaucoup des petits gars comme lui. » Le gamin roucoulait de bonheur. Martha était gonflée de chagrin, de culpabilité, d'incertitude, elle réclamait d'être jugée et condamnée pour tout ce mal qu'elle avait fait, qu'elle lui avait fait...

Nous étions toutes les trois dans la cafétéria. Nous prenions notre repas du soir, une soupe farineuse, une omelette. Au bar, un pêcheur racontait sa pêche au patron, tout ce qu'il avait abandonné aux oiseaux déjà gavés. La télévision diffusait l'image d'un rhinocéros qui avait pris la poudre d'escampette et qu'on cherchait à capturer. Le regard bouleversé de Martha passait sur tout cela et chavirait de droite à gauche, dans un énorme haut-le-cœur, et puis ses yeux se posèrent sur la vieille chienne boxer couchée devant le bar, le ventre vide, les mamelles pendantes.

— J'aurais dû avoir des chiens, j'aurais dû accoucher de chiens. Une femme devrait avoir le choix de ce qu'elle met au monde et moi j'aurais voulu sentir glisser de moi ces petits corps lisses et ronds qui ne blessent pas.

Elle disait cela la main sur la bouche pour étouffer la peine d'avoir donné naissance à David avec toutes les aspérités de son corps d'adulte, sa tête dure et intelligente. Et la chienne inquiète levait vers elle ses yeux phosphorescents.

— Comme tu as de la chance, lui dit-elle. La chienne se sentant vaguement menacée se mit à gronder. Oui, une femme devrait pouvoir accoucher de chiens, de chats, de plantes...

Oh la la ! il était temps de l'enfermer avec les bonobos. Demain, je prendrai sur moi, j'appellerai la doctoresse Lester, je la convaincrai d'engager Martha en urgence, juste comme assistante pour peler les pommes ou compter les M&M's. Mon regard fuyait Martha. Il passait de la chienne sur ses gardes à Rosario, hypnotisée par ce qu'elle voyait à la télévision — ce rhinocéros qui parcourait à longues foulée les rues désertes de la ville —, au pêcheur qui buvait face au bar, la casquette enfoncée. Tout sauf le spectacle du chagrin de Martha, tout sauf cette douleur irréductible qu'il aurait fallu anesthésier comme le rhinocéros que des policiers cernaient maintenant.

Martha s'excusait parce qu'elle ne pouvait s'empêcher de pleurer. Les larmes affluaient, envahissaient ses yeux qui débordaient, elles l'affaiblissaient. Elle avait demandé au médecin qui la soignait pour sa tension si on pouvait lui enlever les glandes lacrymales et lui donner un visage de bois. Il lui avait prescrit des anxiolytiques : « Cela revient au même, vous aurez un visage de bois et en plus vous ne ressentirez plus rien et vous oublierez tout. »

Mais tant que David vivait, elle voulait vivre, ressentir, se souvenir, vivre de toute sa vie et de toute la sienne. Vivre pour deux comme une femme enceinte mange pour deux. Se souvenir, témoigner.

« Non, supprimez-moi les larmes — et passant du coq à l'âne —, coupez-moi aussi les orteils des pieds, ils me font souffrir.

— Et quoi encore ? Vous voulez que je vous dise ? Vous êtes déprimée.

— Moi ? déprimée ! »

Le pêcheur s'était brusquement tourné vers la télévision, il surveillait la capture du rhino. Un type embusqué l'ajuste. Le rhino tombe, son ventre est si gros que ses pattes restent raides de part et d'autre de l'abdomen. En boucle, le type ajuste, le rhino tombe, le rhino tombe, le type ajuste.

— Heather Heath ! cria Rosario.

Nous fixâmes nos regards sur la présentatrice qui commentait la scène. « Aucun mal ne lui a été fait. Il n'est pas mort, juste endormi. C'est une piqûre hypodermique. » Je la regardais avidement. C'était une belle jeune femme comme on nous en présente toujours à la télévision, très bien coiffée, très bien habillée.

— Elle est très bien, dis-je à Rosario.

— Alors vous aussi vous la trouvez très bien ? se réjouit Rosario. Tout le monde la trouve *très bien*.

J'énumérais : le ton sûr mais la douceur du visage, les yeux fixes mais le fruité de la bouche, les épaules raides mais la mobilité des mains...

— Et puis...

— Elle est noire, découvris-je enfin.

Elle était noire, et ma mémoire se colora. Heather Heath était noire comme les flics qui m'avaient interpellée sur la plage, noire comme le pompiste de la station-service, comme les jardiniers du juge Edward, comme le concierge de Rosebud, comme la police montée de Norfolk, comme la serveuse du fast-food qui m'avait apporté le plat trop sucré. Elle était noire comme les gardiens de prison de David, comme la gardienne qui m'avait fouillée du bout de ses ongles dorés. Dans la cafétéria, le serveur derrière le bar était noir, la cuisinière était noire, la chienne couchée devant le bar était noire avec une tête piquetée de poils gris. Nous étions les seules Blanches.

24

Maintenant que j'avais repéré Heather Heath sur l'écran, je la retrouvais partout à la télévision. J'essayais de lire sur ses traits des messages secrets qu'elle nous aurait délivrés sur la progression de l'affaire. J'évaluais si elle était légère ou grave. J'interprétais la couleur de sa veste. J'interrogeais son joli visage, ses yeux légèrement écarquillés sur le prompteur et à la fin de son intervention son imperturbable sourire qui découvrait d'un coup ses dents d'une blancheur magnifique.

Tout en lisant le texte sur l'écran, Heather Heath manipulait un stylo. Elle affirmait ainsi, quelle que fût la pauvreté du sujet traité, qu'elle était une journaliste d'investigation, pas une présentatrice. Dans son univers d'images et de sons, elle n'écrivait rien mais elle brandissait son stylo comme un symbole. Elle n'avait sans doute jamais songé à le remplir d'encre. Le ventre creux, il n'avait jamais écrit. Telle une baguette de chef d'orchestre, il battait la mesure du texte qui se dévidait sur le prompteur.

Heather Heath résumait assez bien la figure de la toute-puissance d'aujourd'hui : une jeune femme noire, sur un écran, qui lit un prompteur en marquant la cadence de ses phrases avec un stylo de prix. Rosario ne se lassait pas de ce spectacle. Elle avait de l'admiration pour Heather Heath, pour son ton incisif. Quant à moi, j'aurais plutôt mis ce qu'elle appelait son professionnalisme sur le compte d'une dureté naturelle. Heather Heath était sans faille, sans faiblesse, sans compassion.

Quand Rosario avait appris que sa journaliste préférée sortait de Rosebud, qu'elle aurait pu être à quelques années près la condisciple de Candice, elle avait désiré la mettre au courant du complot et de ses arcanes. Elle pouvait tomber sur une solidarité indéfectible avec Rosebud comme en éprouvent la majorité des filles pour leur université ou, au contraire, sur le désir de régler ses comptes avec un système dont elle voudrait se démarquer pour prendre son autonomie.

— J'ai longtemps hésité à lui demander rendez-vous, m'expliquait Rosario. Mais qu'est-ce que je risquais ? Qu'elle m'envoie balader ? Une de plus. Et puis le temps pressant, il n'y avait même pas à balancer.

Heather Heath connaissait trop bien Rosebud, son fonctionnement hypocrite, sa mesquinerie fondamentale, sous le couvert d'une générosité consistant à offrir une bourse d'un montant substantiel à une étudiante de la petite bourgeoisie noire du Sud et à la livrer, seule étudiante de couleur, à l'assemblée des héritières blanches. De quoi avait-elle le plus souffert : de sa couleur ou de son origine sociale ?

Heather fut l'alibi adoré de toute une communauté qui ne se permit aucun mot, aucun geste déplacé. Elle tint sans cesse le devant de la scène, désignée d'office pour représenter l'université. Élue chaque année l'étudiante la plus populaire, la plus élégante, la plus sportive et enfin, couronnée par le prix de Création de Rosebud, celle qui écrivait le mieux, Heather Heath était née sous une bonne étoile. Comme son cursus d'étudiante, sa carrière était toute tracée : journaliste mais à la télévision, propulsée au journal, et plus tard femme politique, dès qu'elle le voudrait. On se battrait pour l'avoir dans son équipe. Quand elle était petite, elle déclarait qu'elle serait présidente des États-Unis.

Ce ne fut pas par rancœur ou par envie que Heather Heath accueillit favorablement la requête de Rosario mais par ambition. La journaliste écouta avec intérêt et dit que le cas David Dennis était un beau sujet et même une grande affaire pour la défense des droits de l'homme. Elle prenait. Rien ne l'arrêterait, ni la société du Sud qui l'avait promue, ni la gratitude envers ses bienfaiteurs, ni la compassion pour le sort d'une jeune fille de sa génération. Heather Heath, jeune femme noire, défendrait la cause d'un homme blanc condamné à mort pour viol, meurtre et actes de barbarie sur une étudiante de Rosebud.

— Il faut sortir cette affaire de Virginie, il faut la donner au monde entier, avait-elle décidé en acceptant le dossier David Dennis.

Elle avait le bon âge, la bonne couleur, le bon sexe. Cette conjonction est exceptionnelle. Je pensais à une de mes amies directrice d'un département de littérature dans une université du Kansas, qui avait traîné la malédiction d'être femme tout le long de sa jeunesse et celle d'être noire plus longtemps encore. Il y a à peine trente ans, sur la terre américaine, elle n'avait pas le droit d'entrer dans une bibliothèque. Au prix d'efforts surhumains, elle était venue à bout du sexe — merci le féminisme — et de la couleur — merci Kennedy. Maintenant, elle devait affronter l'âge. Elle avait tout vaincu, la route était droite et filait jusqu'au ciel de la réussite. Elle n'avait pas imaginé que ce nouvel obstacle pût se lever devant elle. Elle y faisait face maladroitement avec les mêmes slogans revendicateurs que pour le sexe et la race, mais là, ses paroles étaient des pétards mouillés, on ne l'entendait plus. Elle était révoltée. Elle ne s'exprimait plus qu'avec une amertume courroucée, une aigreur méchante. Elle disait qu'elle avait mal dans tout le corps. Elle s'inventait des maladies qui justifiaient par leur nombre et leur rareté qu'elle fût désormais hors circuit.

Heather Heath, elle, n'avait pas à se justifier par une enfance brisée ou une adolescence difficile. Sa filière et son profil étaient parfaits, elle avait été la perle de Rosebud, bien plus que Candice n'aurait pu l'être, car Candice aurait eu, avant d'exister pleinement, à se détacher de son milieu et à se débarrasser du poids des traditions. Heather Heath était née d'elle-même, invincible comme une héroïne de science-fiction. Avec elle s'arrêtait la plainte des femmes, l'interminable, l'immémoriale plainte.

Pour une fois qu'une femme était tombée en plein dans le mille, il fallait se réjouir. Jackpot. Moi, qui avais la mauvaise couleur, le mauvais âge et une conscience bien faible des pouvoirs de mon sexe, j'applaudissais. Heather Heath faisait débuter la vieillesse des femmes à trente ans. Pour sa grande entreprise, elle n'avait plus de temps à perdre.

— À nous deux, juge Edward ! Quand je vous aurai défait et déshonoré, quand j'aurai libéré David Dennis, alors je serai Martin Luther King !

Le juge Edward avait-il jamais songé que la femme future dont il voyait l'incarnation dans Candice pût se retrouver si tôt sur sa route et dans la personne de Heather Heath ? Et que cette femme qu'il espérait et qu'il adorait par avance pût être à ce point son ennemie ?

Dans la foulée, elle passa un contrat avec une maison d'édition pour écrire *L'Affaire David Dennis.* Avec son à-valoir colossal, elle engagea tout un cabinet d'avocats. Une partie de l'équipe exposait l'affaire sur le web, une autre prenait en charge la défense de David. Heather n'avait pas pu le rencontrer personnellement. Mais elle possédait les actes, les rapports, les témoignages. Elle avait le soutien total de Rosario. Elle connaissait le fonctionnement de Rosebud et de Stone, les échanges entre garçons et filles, la circulation de l'alcool et de la drogue, le système des Fraternités. Elle avait entendu les confessions des jeunes filles, leurs humiliations au cours de bals huppés où, en robe du soir, elles tenaient la tête d'un fiancé ivre qui vomissait à perdre l'âme.

Cette histoire, elle allait l'écrire. Moi, je l'aurais vécue, je l'avais portée. Les mensonges, les silences, les incohérences de témoins me la faisaient sans cesse réinventer.

25

Quand on lisait dans le dossier de David comment il s'était défendu pas à pas, sans rien lâcher, le plus triste c'était la formulation des derniers appels où il ne se battait plus sur le fond du sujet, le viol, la mort et les tortures, mais sur les termes qui qualifiaient les actes, et enfin sur les prépositions qui encadraient les termes. Dans le dernier appel, il chicanait sur l'emploi de « et » ou de « ou » et contestait leur utilisation simultanée. Il donnait l'impression de capituler sur l'essentiel. Il refusait le mot « sauvage » mais acceptait « viol » ; il refusait le mot « barbarie » mais il acceptait « mutilations ». Ses interventions procédurières marquaient les étapes d'un jeu dangereux qui l'empêchait de revenir en arrière sous prétexte que les faits et les mots — ici c'était la même chose — n'avaient pas été récusés en leur temps.

La responsabilité de Floyd, l'avocat qui ne supportait pas les mots du corps, était écrasante. Il avait laissé enregistrer sans les contester les principales accusations ainsi que leurs qualifications. David avait été stupéfait que, dès le début du procès, son défenseur ne remît pas en cause les termes scandaleusement orientés du légiste. Pris dans ce piège, il n'avait eu qu'une hâte, se débarrasser de l'avocat pour recommencer le procès. Mais il ne savait pas que, le couperet de la sentence tombé, l'affaire ne peut être rejugée. Il devait désormais se battre en marge, sur des détails, des motifs d'annulation, des demandes de prise en compte de preuves qui avaient été ignorées ou occultées. C'est pour cela que, par-dessus tout, il tenait à ce que fussent examinées les fameuses empreintes des morsures qui lui avaient valu l'accusation d'« actes de barbarie ».

Au début, quand le shérif avait fait son enquête, s'il était tombé sur David, son horreur de « celui qui a fait ça » était telle qu'il aurait pris n'importe quel prétexte pour l'abattre. David réfugié ou disparu dans le Maryland, la colère dissipée, le shérif, comme il s'en était vanté, n'avait plus qu'une idée en tête, conduire le criminel jusqu'au couloir de la mort, et s'il ne se trouvait personne pour faire l'injection mortelle, se porter volontaire. « Ce salopard, j'aurai sa peau et je le verrai crever. »

Quand David était passé entre les mains de la justice, le juge Edward avait usé d'un autre procédé, moins brutal, moins immédiat, moins définitif, mais en y apportant la même détermination. Ce procès l'avait bouleversé. Il jugeait l'assassin de la fille de ses meilleurs amis, l'assassin de l'enfant qu'il n'avait pas eu avec Pamela. Candice était sa fille de substitution.

Candice était une fille fantasmée et idéale. Le juge Edward n'avait pas avec elle les liens du sang qui attachent les membres d'une famille, mais il en avait fabriqué d'autres, plus forts, plus intimes, profondément personnels. Candice incarnait l'enfance et l'adolescence de Pamela qu'il révérait au point d'avoir construit autour d'elle l'écrin de verre de la maison de Rosebud. Candice était chacune des jeunes filles de Rosebud, l'apogée d'une féminité à laquelle il vouait un véritable culte. Il disait « la femme est l'avenir de l'homme », il disait « le monde sera sauvé par les femmes », il disait « que serions-nous sans les femmes ? ». Il priait la mère de Dieu, la jeune fille qui a enfanté le sauveur.

Il dut se faire violence pour juger David mais il trouva du secours dans la loi. Il était persuadé que la loi est belle, que la loi est la force du monde. Il l'éprouvait, la loi l'aidait car il allait selon la loi, il parlait selon la loi. Quand, dans son fauteuil de magistrat, il sentit qu'il n'était que la loi, il comprit qu'il pourrait juger l'assassin car il le ferait en fonction de la loi, pas de ses émotions ni de son chagrin. Les gens qui assistèrent au procès témoignèrent de son extrême dignité, perturbée seulement par les cris de révolte et de désespoir de David, quand sous la sentence il comprit qu'il avait été piégé. Un procès remarquable, un exemple à mettre entre les mains des juristes. Les attendus que le juge Edward m'avait remis seraient désormais étudiés par les élèves de criminologie.

Le juge Edward avait voulu un procès « de cristal et de marbre ». Il s'était entendu avec le procureur Benbow pour éliminer tous les vices de forme, pour éviter les causes d'annulation future. Il n'y avait plus qu'à se laisser conduire par la loi. Floyd, l'avocat de David, n'avait pas vu ou n'avait pas voulu voir que la loi jouait contre David.

Avait-il seulement remarqué que les témoins de moralité qui devaient contrebalancer l'accusation de Janet et qui faisaient de David le portrait d'un garçon serviable, irrésistible et terriblement romantique — on n'en demandait pas tant —, disaient surtout qu'ils ne l'avaient pas vu depuis longtemps ? Aucun témoignage sur les dernières années. Qu'il ait été un charmant petit garçon, personne ne le contestait. Mais qu'était devenu l'adulte ? Il ne restait que Janet pour le dire.

Avait-il seulement remarqué que le témoignage de Janet reprenait point par point le rapport d'accusation ? Comme dans le rapport d'autopsie, il l'avait frappée à la tête, il l'avait violée.

Comme dans le rapport d'autopsie, il lui avait proposé d'avoir « des rapports contre nature ». Floyd avait-il alors demandé à Janet la preuve de ce qu'elle avançait ? Elle avait produit un certificat médical pour coups et blessures, mais ce certificat ne faisait pas allusion « aux rapports contre nature ». Le jury avait bien entendu, lui, que « le rapport contre nature » était en quelque sorte la signature de David. Et que le cadavre profané avait bien été tué par lui.

Floyd n'avait pas non plus relevé l'imprécision du légiste qui disait que les morsures avaient été faites « très près de la mort ». Que signifie « très près » ? Avant ou après ? À sa place, c'est un point que j'aurais demandé à éclaircir. « Très près » n'est pas une notion médicalement recevable. En revanche, le jury avait compris que tout s'était déroulé dans la foulée, ce qui donnait une importance déterminante à l'horaire qui n'avait été établi que sur les témoignages d'Anthony, Harry et Buddy. Qui avait demandé que ce détail capital soit précisé ? Pas l'avocat qui n'aimait pas le sang !

Le procès achevé, le juge Edward attendait David sur les demandes d'appel, une partie d'échecs où il était gagnant d'avance. D'un côté David, ses trois avocats successifs, qui lui faisaient perdre du temps en reprenant chaque fois le dossier à son début ; de l'autre le juge Edward, son équipe de juristes, ses conseils politiques, son réseau virginien et américain. D'un côté David, ses livres de droit qu'il compulsait tout seul, le règlement de la prison qui n'envoyait le courrier — et encore après maintes brimades — qu'une fois par semaine ; de l'autre le juge Edward, ses ordinateurs, sa bibliothèque, les attendus de tous les procès, de tous les cas qui s'affichaient, le temps d'en taper le code sur l'écran.

Trois fois David Dennis avait demandé à être rejugé en appel, trois fois sa requête avait été rejetée, neuf années qui le conduisaient mécaniquement, arrêt après arrêt, à la mort. C'est ce long sursis que le juge Edward avait pleinement savouré car le fantôme de Candice apaisé par la brutalité du procureur Benbow et l'énoncé du châtiment suprême avait laissé toute sa place à la loi. Le juge Edward s'était plongé dans la loi, qu'il révérait au point d'avoir confié à Philip que pour lui il n'y avait pas de plus grande beauté qu'un texte de loi et qu'il ne lirait la poésie que lorsqu'elle serait comme la loi, exactement et précisément énoncée, comme dans les Tables de la Loi où il est écrit « Tu ne tueras point ».

David évoquait une affaire du Wisconsin, le cas T. contre C. Le juge Edward argumentait point par point, pour chaque fois conclure : « L'affaire ne sera pas rejugée. » Pendant que le juge reprenait l'avantage, David se défaisait. Il évoquait tel crime monstrueux qui n'avait pas été puni de la peine capitale, tel viol jugé au bénéfice du doute sous prétexte que la jeune fille était la petite amie du violeur. La belle justice du juge Edward le tuait au fil du temps. Pire que la condamnation à mort, elle le dégradait. Et le juge Edward avait dû triompher quand, dans sa dernière requête, David avait demandé à être examiné par des psychiatres. S'ils avaient reconnu un dérèglement dans son état mental, ils auraient pu empêcher son exécution. Mais les psychiatres l'avaient trouvé normal, c'est-à-dire passible de la peine de mort.

On était dans la phase terminale, et David exigeait l'analyse des empreintes. Mais cette fois-ci, il ne la réclamait pas tout seul, il la réclamait avec Heather Heath, ses avocats, son poids médiatique et surtout cette fantastique invention du web. Le duel ne se poursuivait plus à fleurets mouchetés, ni au rythme ralenti de l'administration et du courrier officiel dont David payait chaque timbre. L'affaire exposée de façon éclatante allait bouleverser cette société du secret.

26

Rosario m'avait dit son soulagement de voir installer le site web consacré à l'affaire une semaine à peine avant mon arrivée. Des centaines de messages étaient aussitôt venus dénoncer une des plus grandes erreurs judiciaires de l'Amérique. Il était sous la responsabilité du cabinet d'avocats recruté par Heather Heath. Il promettait une récompense à toute personne qui ferait évoluer l'enquête.

— Ce fut, me dit Rosario, la sensation de pouvoir enfin respirer, de ne plus combattre dans le noir. Nous n'étions plus seules.

Le site retournait l'acte d'accusation. Il rappelait les biographies de tous ceux qui avaient participé à l'enquête et au procès : le shérif limogé quelque temps après pour faux témoignage dans une autre affaire, la construction de la maison du juge Edward dans Rosebud, le palmarès du procureur Benbow qui s'était vanté d'être le procureur qui avait le plus souvent requis la peine capitale et de l'avoir toujours obtenue, le stage de Harry dans le cabinet de l'avocat de David, l'étude Floyd, père et fils.

Les révélations sur l'affaire proprement dite faisaient l'objet de négociations serrées. Les informations, connues pourtant depuis des années, étaient versées sur le web au jour le jour et de manière parcimonieuse. Heather Heath avait mis sur la page d'accueil la photo de David enfant, beau comme un ange, son diplôme à la main.

— Ça vaut bien, avait-elle déclaré, cette photo ridicule de la victime dans la robe de Scarlett O'Hara ! Comme s'ils voulaient nous faire croire que le Sud lui-même avait été assassiné.

Le thriller se déroulait sous les yeux du public. Il avait son rythme, le nombre de jours qui nous séparaient de l'exécution, et sa dramatique, les révélations successives dans l'attente de la surprise qui ferait tout chavirer. Nous ne savions pas ce que serait le pot aux roses mais nous nous doutions qu'il fallait le chercher du côté des empreintes. L'obtention de leur examen relevait d'un discret mais intense chantage exercé par les avocats de Heather Heath. Examen des empreintes ou révélations, la confession d'Anthony sur le repas cannibale par exemple ?

Je ne connaissais Heather Heath que virtuellement, par sa carrure exacte dans l'encadrement du poste de télé ou par les messages qu'elle envoyait sur le site et que l'on repérait tout de suite parce que, contrairement aux autres internautes, elle avait choisi de les écrire en lettres capitales. Elle était la maîtresse d'un jeu qui consistait à rassembler le plus grand nombre de joueurs pour sauver de la mort un condamné en un temps donné.

Quand le jeu s'apaisait, quand le nombre de connexions diminuait, je voyais les lettres capitales qui s'inscrivaient pour inciter les internautes à plus de combativité. Quand de grands événements se profilaient comme les prises de position d'un homme politique ou d'un acteur contre la peine de mort, ce sont les lettres capitales qui les annonçaient et le jeu repartait pour un tour.

Il n'y avait plus de jour, plus de nuit, mais une veillée d'armes autour de l'ordinateur de Rosario. Il restait connecté en permanence et chaque fois qu'un message tombait, un petit tintement se déclenchait. Selon le contenu, Rosario le faisait passer ou non. Ne me parvenaient que les plus importants. La journaliste française s'était elle aussi connectée. Elle entrait à son tour avec pugnacité dans un combat qui lui semblait gagné d'avance. « Il est français quand même ! »

— Elle en fait une affaire personnelle, me dit Rosario avec satisfaction.

Nous ne nous occupions que de David. Nous

vivions en fonction de lui, sans nous en distraire une seconde sauf pour les quelques instants où Martha nourrissait les mouettes avec le petit déjeuner qu'elle ne pouvait avaler. Je ne peux pas dire que je regardais encore la mer, j'avais à peine le temps de guetter les prises du pêcheur pour repérer le type de poissons sur lequel il s'acharnait du matin au soir. Rosario ne s'offrait même pas ces récréations, juste une cigarette ou deux qu'elle fumait dans la coursive. Elle voulait voir surgir la vérité. Nous attendions les témoignages qui débloqueraient l'affaire mais nous ne recevions que des témoignages de sympathie. Nous les faisions défiler de plus en plus vite, sans les lire vraiment.

Ce fut interminable. Prise entre la vitre où jacassaient les oiseaux et les bruits de la chambre d'à côté, j'ai l'impression d'avoir désespérément attendu, assise ou couchée, que quelque chose se déclenche, que l'histoire évolue sans jamais pouvoir agir. La femme qui se maquille avait disparu dans son miroir et David Dennis, possession exclusive de Rosario et de Martha, m'était brutalement subtilisé par Heather Heath qui avait pris les rênes d'une histoire dont elle détenait seule l'issue. Ma propre existence ne m'appartenait plus, j'étais l'otage de l'une ou l'autre femme qui venait me délivrer pour une pause à la cafétéria, une course jusqu'à la station-service ou une nouvelle surgie sur l'écran de l'ordinateur.

C'est alors que nous est parvenue la lettre de David. Nous avions le web, mais lui était tenu à la lenteur du courrier ordinaire. Il annonçait, ce que nous savions déjà, que Heather Heath et ses avocats faisaient de l'examen des empreintes leur objectif prioritaire. L'objection, tant de fois opposée par la cour du coût de l'analyse, était maintenant écartée. Heather Heath prenait tout à son compte. Il était d'accord pour que le dossier, y compris l'interview d'Anthony, soit versé sur le web. Il pensait qu'il était plus que temps de mondialiser l'affaire, de mettre tout à nu, de dévoiler les misérables secrets de Rosebud. David ajoutait qu'avec Heather Heath il avait retrouvé l'espoir. À sa mère, il disait qu'il l'aimait, qu'il fallait qu'elle ait confiance parce qu'il était innocent.

L'intrusion de l'écriture dans ce monde d'informatique me sembla la chose la plus réconfortante qu'il nous ait été donnée depuis longtemps. Cette écriture étirée, couchée, haute et faible à la fois était bien plus intime qu'une photo. La signature, tant de fois soulignée et tellement paraphée, montrait que David n'avait pu quitter sa lettre, la meurtrissant de son signe, gravant sa marque comme sur une pierre. Il vivait, il nous le disait de toute sa force. Il n'était pas prêt à quitter ce monde.

27

Martha se confiait à moi sans retenue, elle se perdait dans les détails qui donnaient de la consistance à une histoire invraisemblable et de la réalité à un monde qui m'était étranger. Quand le chagrin s'apaisait, quand l'espoir revenait, elle avait beaucoup de charme et de douceur. À la table du petit déjeuner, elle m'accueillait toujours en souriant. Quelles qu'aient été ses préoccupations ou sa tristesse, que je mesurais aux boîtes de cachets ouvertes sur la table, elle me demandait comment j'allais et si j'avais passé une bonne nuit. Et quelle qu'ait été ma nuit, car je n'arrivais plus à dormir que par intermittence dans le bruit de la télé qui restait allumée, je lui disais que j'allais bien et que ma nuit avait été bonne.

Elle appelait la serveuse pour avoir un autre café chaud et commandait pour moi un yaourt que je préférais aux œufs. Malgré tous les efforts que nous faisions pour nous conduire normalement, nous cédions à l'angoisse. C'est à croire que nous la guettions, que nous la désirions, elle était notre invitée du matin. Nous attendions avec impatience que Rosario retournât à ses connexions sur le web. L'angoisse prenait sa place, elle s'installait au milieu des assiettes sales, des serviettes en papier froissées, des miettes de croissants, face à un reste de céréales détrempées au fond d'une tasse. Ce n'était pas tout de suite les larmes, mais une vague douleur qui, selon les jours, prenait la forme de crampes d'estomac ou d'une simple envie de vomir.

Dès le réveil d'un sommeil court qui me mettait en sueur, dès que je comptais les jours qui restaient, la nausée me saisissait. Elle s'amplifiait quand j'enfilais mes vêtements qui séchaient mal devant le climatiseur. Elle revenait, encore plus forte, dans la cafétéria devant le visage bouffi de Martha : « Non merci, pas d'œuf, seulement un yaourt. » Nous incriminions la nourriture grasse du restaurant et aussi le temps, la canicule qui ne faiblissait pas dans ce début d'automne sur cette plage humide.

Curieusement, ma détresse n'augmentait pas au fil du temps. Je n'ai pas compris pourquoi certains jours j'étais plus désespérée que d'autres ou au contraire plus apaisée. Aller vers la mort de David, ce n'était pas ressentir la mort de plus en plus, mais l'éprouver plus ou moins. Croire qu'on a réussi à la mettre à distance ou la voir surgir, cela dépendait des événements extérieurs bien sûr mais aussi de choses sans importance. Je crois que mon angoisse suivait moins la montre, l'heure ou la date que le baromètre. Il y eut des jours plus légers ou plus frais et, parce que je respirais mieux, j'ai pensé qu'il était encore possible de sauver David.

En examinant le couvercle d'un pot de yaourt pour y lire sa durée de validité, je vis un matin qu'elle dépassait la durée de vie accordée actuellement à David Dennis. Cette découverte me figea dans un désespoir muet. Le drame pouvait se lire sur le couvercle d'un pot de yaourt. Et désormais, chaque jour, je consultais le message discret qui pouvait rester le même plusieurs matins de suite ou sauter brusquement dans un avenir que je n'envisageais même pas d'atteindre, comme si après la mort de David, la vie ne devait pas continuer. Je gardais ce secret pour moi et priais pour que Martha ne découvrît pas l'almanach assassin des pots de yaourt.

Le monde était piégé. Je n'ose même pas évoquer les journaux que nous n'ouvrions pas de peur de découvrir la photo de David, ou les rappels du crime et l'exposé de sa condamnation dans le langage de la presse du Sud, certaine qu'il fallait en finir avec ce monstre. Même le regard effleurant le titre du journal du jour posé sur le bar était dangereux car, c'est sûr, ce qui était déjà inscrit au plus profond des épais journaux américains allait bientôt remonter à la surface. À la une apparaîtrait alors la terrible photographie face et profil de l'identification. Ce jour-là, il serait trop tard. Et mes yeux ne pourraient plus rejeter cette image, faire comme s'ils ne l'avaient pas vue. Mes yeux auraient vu et je perdrais le vrai visage, le beau visage de David Dennis.

Martha ramassait ce qui se trouvait sur la table et nous allions le jeter aux mouettes. Nous avions pris l'habitude de marcher jusqu'à la station-service où un homme en salopette et chemise à carreaux servait de l'essence et tenait boutique pour les voyageurs de passage qui lui achetaient des appâts et lui demandaient des tuyaux sur les bons coins de pêche. Il commentait le temps, les marques des voitures. Martha avait toute sa vie désiré une voiture neuve et n'avait jamais pu se payer que des clous d'occasion. Elle voulait une japonaise avec l'air conditionné. Il ne lui conseillait pas l'air conditionné.

Au milieu des farces et attrapes d'Halloween que le type installait dans les rayons, avec des chapeaux de sorcière en carton noir, des squelettes de sucre, des potirons découpés et des déguisements dont la couleur orange m'évoquait le couloir de la mort, Martha me racontait la vie des femmes que les GI avaient abandonnées entre deux civilisations et qui avaient dû inventer leur nouveau monde. C'était à l'autre bout de Rosebud l'envers du rêve américain, une suite d'histoires lamentables et dures où l'on se volait jusqu'à l'intérieur des maisons, jusqu'au fond des sacs, jusqu'aux médicaments sur la table de nuit.

Le manque d'argent avait été toute sa vie une plaie inguérissable qu'elle avait héritée de sa mère. Une plaie qu'elle avait léguée à son fils et dont il mourrait. Avec de l'argent, il ne se serait pas laissé coller un avocat commis d'office, il aurait pris le meilleur, le plus compétent avec tout un cabinet influent, prêt à étouffer l'affaire et à ne jamais la laisser aller vers ce procès révoltant. Avec de l'argent, il aurait obtenu une contre-expertise du rapport d'autopsie qui l'aurait immédiatement innocenté, avec de l'argent il aurait choisi un laboratoire indépendant pour faire l'analyse des empreintes qui le disculperait. Avec de l'argent, David était innocent. Sans argent, on ne pouvait même pas contester sa culpabilité.

Maintenant, avec Heather Heath qui mettait au service de sa cause tous ses droits d'auteur, l'argent n'était plus un problème. S'il était trop tard pour demander la contre-expertise de l'autopsie, la journaliste avait largement de quoi régler l'examen des empreintes. Et comme je m'étonnais que la procédure ait reposé depuis le début sur une question de moyens et non de loi comme les termes du juge me le laissaient penser, Martha me dit que les refus opposés aux différentes demandes de David avaient été motivés par le fait que la cour n'avait pas voulu débloquer les crédits nécessaires.

À vrai dire, le juge Edward n'avait jamais refusé la contre-expertise de l'autopsie mais il avait refusé qu'un seul dollar de l'argent du contribuable soit investi là-dedans. Il n'avait jamais refusé que l'examen des empreintes soit entrepris par un laboratoire indépendant mais il avait fait remarquer que l'examen de l'ADN, suffisamment coûteux, avait formellement inculpé le condamné. Il n'était pas possible à la justice d'engager des frais pour des questions de détail qui, de toute façon, n'inverseraient pas les conclusions de l'ADN.

— Alors, dis-je, tout est encore possible ? L'examen des empreintes va avoir lieu ?

— Immanquablement, me dit Martha. C'est une question de jours. Ils jouent sur nos nerfs, mais Heather Heath joue sur les leurs. C'est une partie de bras de fer. Ils ont déjà perdu.

Quand l'espoir s'engouffre dans la détresse avec une telle force, il couche tout sur son passage. Il m'avait traversé le corps, et je ne pouvais plus respirer. J'étais comme un arbre déchiré par le vent qui s'enroule en torche sur lui-même, une sensation si violente que je ne souhaite de ma vie la retrouver. L'espoir a une force implacable qui nous ressuscite. Je regardais Martha et ne comprenais pas qu'elle n'éprouve pas au centuple ce que je ressentais.

— Alors, lui dis-je, il est... sauvé !

Elle avait rétréci, tassée sur elle-même pour laisser moins de surface aux coups qui allaient tomber.

— Sauvé, sauvé... Allez savoir ce qu'ils vont encore trouver !

Redoutait-elle que le résultat de l'examen ne soit suspect ou, au contraire, persuadée de son issue positive, appréhendait-elle que le juge Edward ne préparât une contre-attaque ?

Le grand vent de l'espoir avait faibli d'un coup. Le drapeau confédéré qui flottait au fronton de la station-service tombait en quenouille.

À tout hasard, je dis :

— Heather Heath ne le laissera pas faire !

28

Nous revenions toujours par la plage, même si je n'ai jamais eu à Nags Head l'impression d'être sur une vraie plage. Le sable avait été tellement bouleversé par l'ouragan qu'on pouvait croire qu'il avait été creusé, labouré par des bombes qui avaient laissé de profonds cratères et démoli toutes les maisons de part et d'autre du motel. Nous marchions au bord de l'eau, pieds nus sur la bande de sable que le ressac avait damé en la léchant. J'avais l'œil sur les rejets de la mer. Je demandais à Martha de préciser le nombre effrayant des cochons noyés, m'étonnant de ne pas voir traîner leurs os.

— Vous avez cru Rosario, me dit Martha, elle exagère toujours ! La plus grande porcherie de Porkland a été inondée, c'est vrai. Elle a perdu toutes ses truies. Cinquante mille d'après *Newsweek*, mais on n'a pas vu les cadavres.

— Mais alors pourquoi ne faut-il pas se baigner ?

— À cause des requins, il y en a beaucoup. On trouve des œufs sur la plage.

Elle me montrait des petits sacs noirs que je prenais depuis le début pour des algues ou des méduses opaques.

— Les requins pondent des œufs ? demandai-je.

— En tout cas, on appelle ça des œufs de requins...

Brusquement elle se tut, l'œil fixé sur le pêcheur qui lançait son fil. Je tentais de me remémorer ce que je savais sur la reproduction des requins, n'en sachant pas plus sur les requins que sur les cochons. Martha me dit qu'elle avait souvent l'impression de reconnaître David. Son cœur s'affolait. Ses mains tremblaient. Et puis ce n'était pas lui, ça n'avait jamais pu être lui. Le pêcheur n'était pas David.

— Cela signifie seulement que David ressemble à tous les jeunes gens de sa génération.

Cela voulait surtout dire qu'elle commençait à l'oublier. À la place du visage de son fils, elle voyait de plus en plus souvent le visage de Ted Bundy. Même charme désarmant, même lumière dans les yeux plissés par le sourire. Elle pensait qu'elle n'avait pas été la seule à faire la superposition des visages, des silhouettes et des attitudes. Elle se demandait si le jury n'avait pas vu David plus assassin qu'il ne pouvait l'être et en lui imputant un crime qu'il n'avait pas commis, ne l'avait pas aussi chargé de tous ceux de son sosie qui était connu comme l'« assassin-des-étudiantes ». Elle ne supportait pas la photo de David qu'avaient publiée à l'époque les journaux, cette photo où il avait l'air de défier le monde. Elle croyait que, sans la casquette et avec une cravate, le jury se serait fait une autre opinion. En tout cas, il n'aurait pas tout de suite pensé à l'« assassin-des-étudiantes » dont le procès retentissant était dans toutes les mémoires. Elle se disait qu'avec une légère raie sur des cheveux bien disciplinés, il aurait eu l'air d'un fils et pas d'un assassin. Enfin quand elle disait « un fils », elle ne savait plus très bien à quoi elle faisait allusion. Elle ne l'avait jamais connu tendre et doux, seulement emporté et violent.

— On se demande toujours ce qu'on a raté pour son enfant. Et je pense que j'ai tout raté avec lui.

Il y a des petites choses qu'elle ne referait plus maintenant, comme l'habiller avec les vêtements fournis par la Rédemption sous le prétexte que c'étaient encore de bons vêtements pour la vie de tous les jours, comme lui tricoter des pull-overs à rayures parce que la confection d'un pull la détendait et que les rayures l'amusaient, surtout si elle laissait au hasard le choix de la largeur et de la couleur. Non, elle ne le referait plus. Pas plus que de le nourrir avec des boîtes de spaghettis ou de raviolis sous prétexte que c'était plus sain que ce qu'elle aurait pu cuisiner elle-même. Ça non plus, elle ne le referait plus.

Je lui dis que si elle n'avait que ça à se reprocher, ce n'était pas grand-chose. Elle se dévalorisait. Elle réduisait à rien l'irremplaçable qu'elle lui avait donné.

— J'aimerais bien savoir quoi. Oui, j'aimerais que vous me le disiez. Il a partagé ma dèche. C'est tout ce que je lui ai fait comme cadeau, ma dèche. Vous comprenez ? Je ne suis pas comme ma mère, une dame, une vraie Française, qui d'un rien faisait une fête, avec un goût de reine. Elle a porté toute l'enfance de David et moi avec. Mais quand elle n'a plus été là, il n'y avait plus que moi, rien que moi, et pour David cela faisait une sacrée différence. Il a bien vu que s'il ne s'en sortait pas tout seul je le ferais couler.

Martha s'accrochait alors à un boulot qu'elle ne supportait pas et dont la seule satisfaction tenait dans le titre de professeur car pour le reste, horaire, travail, gratification, néant ! Elle était professeur de français à la Rédemption, dans le secteur des enfants en grande difficulté. Des garçons et des filles, tous noirs, sortis de ghettos sans nom, tenus par le bout des cheveux au bord de la délinquance. De tout ce qu'elle m'en a dit, j'ai gardé en moi, comme un trésor, l'image bizarre des petites filles enceintes qu'elle accueillait dans sa classe.

L'institution caritative mettait tous ses moyens

à empêcher les fillettes d'avorter. Elle les prenait en charge, leur offrait une scolarité, payait les soins médicaux et l'accouchement. Si étrange que cela parût c'était une bonne période pour les petites filles qui avaient enfin l'impression d'exister. Elles exagéraient les signes de leur grossesse et, dès le sixième mois, exigeaient d'être transportées en fauteuil roulant dans les salles de classe. J'ai retenu, comme si je l'avais vu de mes propres yeux, le spectacle des petites filles enceintes en fauteuil roulant. Des petites filles arrogantes qui insultaient le professeur qui ne se mettait pas assez vite à leur service.

Le travail de Martha consistait à les surveiller comme une batterie de casseroles remplies de lait qui menaçaient de déborder. Elle était sur le qui-vive, à prévenir un drame tout en réparant celui qui venait de se produire. Les petites filles avaient de brusques colères qui les emportaient jusqu'à la folie, ou de sombres abattements qui les prostraient sur leur chaise, un doigt dans la bouche. Martha courait d'une fille à l'autre, d'une casserole à l'autre, tout le long d'une foutue journée qui la laissait sur le flanc. Elle n'était plus professeur de français. Professeur de quoi ? De cette langue étrange et difficile dont le minuscule pays n'était pas visible pour leurs yeux sur la carte du monde. Martha était l'infirmière des petites filles enceintes qui avaient des crises de spasmophilie et qui rotaient bruyamment après avoir ingurgité leur Coca. Elle les reprenait. Les gamines restaient la bouche ouverte d'étonnement puis rétorquaient qu'il n'était pas bon pour la santé du bébé — elles se passaient la main sur l'arrondi du ventre — qu'elles gardent tout ce gaz dans leur estomac.

— À la Rédemption, j'ai plus entendu roter que parler français. Elles aussi sans doute qui auront pris pour du français ce bruit insolite qui explosait dans leurs bouches.

Après l'accouchement, elles venaient parfois montrer à Martha leur progéniture affublée d'un prénom à la mode. Elles paradaient avec leurs pauvres et magnifiques bébés. Puis elles s'en désintéressaient à peu près en même temps que du français. Les œuvres sociales prenaient le relais et proposaient les bébés en adoption. La plupart du temps, ils ne trouvaient pas preneurs. Alors ils restaient dans la famille où leurs grands-mères, découvrant tardivement l'instinct maternel, les élevaient encore plus mal qu'elles n'avaient éduqué leurs mères.

Martha se rappelait la panique qui l'avait submergée quand elle avait été enceinte. Elle aurait tout fait pour avorter mais sa mère qui appartenait à l'Église de la Rédemption l'avait persuadée de garder le bébé.

— Pour moi, ce n'était pas un bébé, mais un accident.

Sa mère avait plus désiré David qu'elle-même et elle l'avait élevé. Quand elle était morte, David était au pis un étranger, au mieux un petit frère qu'elle ne contrôlait pas. Il refusait son autorité avec la même virulence que les petites filles enceintes.

Avoir souhaité la mort, au moins la non-existence de David, l'avoir souhaitée fébrilement au début, avoir fait tout ce qu'une jeune fille de son époque pensait efficace pour supprimer sa grossesse, l'avait laissée sur la défensive vis-à-vis de l'enfant quand il était finalement venu au monde. Elle se jugeait nocive pour lui et avait demandé à ne pas le nourrir, pensant que son lait l'empoisonnerait. Elle était heureuse que sa mère lui donne le biberon, le lange, lui parle et plus tard joue avec lui. Toujours ce remords de n'avoir pas pu lui faire un peu de cuisine et, quand elle s'en occupait, de ne lui donner que des boîtes. La boîte posée sur la table pour que la nourriture ne passe pas par elle.

Ce secret, qui aurait dû rester caché et pour finir être oublié, la hantait et cela la rendait folle. Elle disait :

— Je suis punie de mes mauvaises pensées, je suis punie et ma punition c'est de désirer maintenant sa vie plus que je n'ai jamais souhaité sa mort.

29

Martha me disait qu'elle avait été une « jeune fille accomplie ». La naissance de David avait brisé le destin de cette jeune fille choyée par une mère qui l'avait surprotégée jusqu'à l'accident de la banquette arrière. Un retour de bal avec un type pleurnichard qui lui avait offert des fleurs et attendait en retour, politesse oblige, qu'elle se donne. Une jeune fille accomplie jusqu'à l'étreinte forcée à l'arrière de la voiture dans une odeur de bière et de brillantine. Il s'appelait Frank Adam mais cela aurait pu être Rob Wilson, ils étaient pareils. Elle aurait aussi bien répondu au désir de Rob, il avait le même after-shave au vétiver. Mais Rob était monté dans la voiture de Wilma. Wilma ne s'était pas retrouvée enceinte.

— C'est comme si on m'avait coupé les ailes. J'étais moins avancée que les autres, je prenais plus de temps. Mais je serais allée dans un collège de filles, pas Rosebud, un autre parce que j'étais une jeune fille accomplie. Je serais devenue un vrai professeur, peut-être un professeur de littérature. Je tenais un journal, j'écrivais bien.

Du balcon de sa chambre, Rosario nous hélait. Elle s'impatientait, elle trouvait que Martha était restée déjà trop longtemps en ma compagnie, qu'elle s'était trop épanchée et que « ce n'était bon pour personne ». Martha était prolixe de détails sur son début dans la vie, mais pour Rosario Aguirre black-out total. Son beau nom dur à consonances basques est resté pour moi une énigme. De son passé, elle ne voulait rien dévoiler. Elle s'était révélée au procès de David. Dans cette tempête, elle avait surgi tout armée des flots de l'injustice, de la concussion, des faux-semblants et des vrais mensonges. Dressée contre la société du Sud et consacrée à David Dennis, elle avait mis en lui sa foi, son espérance et sa charité. Elle en avait fait le sens d'une vie dont elle ne s'était jamais préoccupée, inconsciente même qu'il faille pour vivre donner un sens à sa vie. À l'âge où l'on engrange les honneurs et les grades elle avait été débarquée de son poste pour découverte intempestive du sens de la vie.

Elle avait payé le prix fort avec son exclusion de l'université et plusieurs procès intentés par cette même université pour faux témoignage et destruction des preuves. À cette époque, toute la société de Virginie l'avait montrée du doigt, la rendant même responsable du crime. Elle avait accueilli David Dennis dans une bibliothèque où il n'aurait jamais dû entrer. Elle lui avait donné accès au système informatique de Stone et il en avait abusé, affirmait le procureur Benbow, en lançant à partir de Stone ses recherches d'emploi, se confectionnant des lettres de recommandation et des diplômes bidon. Comme tous les escrocs, experts en manipulations !

Le procureur Benbow avait aussi accusé David d'avoir utilisé la Fraternité pour établir sa position dans Stone, et de trafiquer avec Stone pour renforcer son statut au sein de la Fraternité. Et quand la justice avait demandé à interroger son ordinateur pour avoir les preuves que non seulement il n'étudiait pas le droit mais qu'il escroquait les uns et les autres à grande échelle, plus rien. Mme Rosario Aguirre avait tout effacé, avec pour seule excuse qu'elle procédait toujours ainsi. Chaque fois qu'elle attribuait un ordinateur à un nouvel étudiant, elle vidait sa mémoire. Elle avait été poursuivie pour dissimulation de preuves.

Après le choc du verdict, David avait hurlé devant la dernière caméra qui traînait qu'il était innocent, que le juge était un sale truqueur, le procureur un fou sanguinaire et son avocat un incompétent criminel, il s'en était pris au jury comme à une bande de crétins. La salle s'était vidée. Martha s'était retrouvée seule, sans travail et sans maison, abandonnée par la Rédemption et ruinée par ce simulacre de procès. Rosario était allée vers elle. Elle lui avait dit qu'elle allait prendre les choses en main. Elle n'avait aucune idée de ce qu'il fallait faire.

Elle possédait une jolie maison de bois au bord d'une crique, des centaines de livres et un beau chien roux. Elle y hébergea Martha. Mais son adresse avait été divulguée et les inconditionnels de Benbow en avaient fait le rendez-vous de leur sit-in en faveur de la peine de mort. Dès le matin, ils se plantaient devant sa porte avec leurs drapeaux et leurs banderoles comme si le procès avait été trop court, comme s'ils n'en avaient pas eu assez. Une semaine plus tard elle trouva le cadavre de son chien dans l'entrée du garage. Avec Martha, elles creusèrent dans la terre sablonneuse du jardin un trou si grand et si profond qu'on aurait pu y mettre un homme.

Aussitôt le cadavre recouvert, elles quittèrent la maison en abandonnant tout. Elles prirent le large. Elles remontèrent vers le nord en faisant étape dans les églises parce que, a priori, les Églises sont contre la peine de mort. Chemin faisant, elles apprirent à leurs dépens que les Églises sont aussi contre le crime, et qu'elles sont à l'unanimité contre le viol et le meurtre d'une jeune fille. L'aide matérielle était parcimonieuse, le secours moral mesuré et circonspect.

Rosario évoquait volontiers l'étape décisive

faite chez le président de l'association « A comme Abolition », le frère Avraham qui tenait une chapelle sur la route de Lynchburg, en pleine ceinture évangélique. Un homme ascétique très engagé contre la peine de mort, très actif dans les prisons, et très photogénique aussi devant le Congrès avec sa gueule de prophète et d'enfant du ghetto. Ils avaient parlé, prié et communié de pain, de jus de raisin et d'un peu de poisson fumé. Il leur avait remis dans un sachet toute la ferraille du dimanche précédent. Il leur avait donné des tee-shirts « A comme Abolition. On tue encore en Virginie ». En les raccompagnant vers la voiture, il s'était arrêté au milieu du chemin, il avait fermé les yeux et pris la main de Martha qu'il avait posée sur sa poitrine. Dans une ultime prière, il avait dit qu'il viendrait, que David ne serait pas tout seul, qu'il lui tiendrait la main, qu'il lui fermerait les yeux, qu'il lui donnerait le baiser de la paix.

Martha sentait la force mystique d'Avraham, la vigueur de ses doigts qui serraient sa main, elle sentait la chaleur de son torse et l'odeur du poisson fumé. Elle était physiquement rassurée. « Je serai là, psalmodiait le frère Avraham. Je lui tiendrai la main. Je l'embrasserai sur la bouche. Je lui donnerai le signe du grand départ. »

— Brusquement Martha a compris, racontait Rosario. J'ai cru qu'elle allait tomber, mais elle a arraché sa main à la pression de celle d'Avraham, elle a tournoyé sur elle-même comme dans une figure de rock où son partenaire l'aurait d'une seule impulsion envoyée à distance. Elle a atteint la voiture en vacillant, elle s'est retenue à la portière. C'est elle qui a eu l'idée du jeu. Vraiment une idée formidable ! Détourner la quête d'Avraham pour la faire fructifier. Passer de l'Église mortifère, de ses mines compassées, aux lumières des casinos, au bruit excitant des machines à sous. Jouer au Nord ce que nous avions récolté au Sud.

— C'est comme ça que nous avons survécu et parfois même très bien vécu.

À cette évocation, Martha souriait.

— Vous aimez jouer ?

Non. L'unique expérience que j'avais du jeu était liée au souvenir d'une migraine terrible pendant une excursion aux chutes du Niagara. Dans ma tête, tout se confondait, le bruit des chutes, les bateaux surchargés de touristes en poncho de plastique, le casino pharaonique où deux Américaines m'avaient entraînée avant le départ de notre bus. J'étais entrée dans un cauchemar, tout un monde décomposé par la vieillesse et la laideur où des femmes, marquées de plaques violettes et vertes qui tombaient des spots du plafond, étreignaient, genoux écartés, leurs machines de fer. L'argent filait, s'engrangeait, s'écoulait, dans un fracas infernal. Je m'étais vidée de tout mon argent, allant jusqu'à la dernière pièce, inexorablement, jusqu'à l'épuisement de tout ce que j'avais dans les poches, sans imaginer une seconde que je pouvais gagner et que dans un brusque reflux, la machine m'inonderait de toute la mitraille qu'elle retenait.

— Oui, mais, dit Martha, gourmande, quand les pièces se déversent dans un gros bruit de torrent sur les pierres, quand elles tombent en cascade et qu'elles n'en finissent pas de ruisseler dans nos mains, qu'elles glissent entre nos doigts et que l'on ne sait plus comment les recueillir...

— Elle adore ça, dit Rosario, et elle a une chance incroyable. Ce n'était pas une façon plus absurde qu'une autre de gagner sa pitance. Ça nous faisait voyager beaucoup, on allait dans le clandestin comme dans le régulier. On ramenait toujours assez pour payer l'hôtel, la nourriture, l'essence, mais on n'a jamais gagné la grosse somme qui nous aurait permis de nous offrir les meilleurs avocats. Juste le quotidien, vous voyez. On survit depuis dix ans grâce aux machines à sous.

30

J'avais peu l'occasion de m'entretenir seule à seule avec Rosario. Elle m'évitait, réservant ma personne à la distraction ou aux épanchements de Martha. En dehors des repas, elle ne sortait de sa chambre que pour fumer. Elle s'installait alors dans la coursive qui donnait sur le parking. Appuyée au bastingage, maigre et pâle avec ses cheveux trop noirs qui lui faisaient une mine cadavérique, elle enfilait les cigarettes sans plaisir avant de reprendre la garde devant son ordinateur.

J'en profitais pour lui arracher quelques détails sur leur dérive après le jugement. Contrairement à Martha qui plongeait dans ses réminiscences avec aussi peu de gêne que si vous n'étiez pas là, Rosario se taisait. Elle ne disait rien, ou ne voulait rien me dire, par méfiance de ce que je pourrais en tirer. Devant moi, elle était un témoin qui refuse de témoigner et garde le silence.

Tout ce que je pouvais obtenir sur l'affaire, ou sur elle-même, n'arrivait que de façon détournée, détachée du contexte. Je ne renouais le fil que par mes réflexions. Par exemple, cette histoire de quêtes dans les églises. Quels cultes avaient assuré au jour le jour leur maigre subsistance ? Alors que je l'interrogeais sur leur nature, elle me dit qu'ils avaient été si nombreux qu'elle ne pouvait le préciser.

— Des églises, quoi !

— Avec saint sacrement, tabernacle, crucifix ?

— Oui, et d'autres avec des vitraux, des bougies, des étoiles, des soleils...

— Mais chrétiennes ?

Je lui en demandais trop, la religion n'était pas son truc, il faudrait que j'interroge Martha qui était plongée dedans depuis l'enfance et qui avait eu l'idée de remonter tout le réseau de la Rédemption pour y faire des conférences, des causeries, en commençant par les je-ne-sais-plus-quoi-du-septième-jour.

— Les adventistes ? les pentecôtistes ? Martha n'est pas catholique ?

— On est allées aussi chez les catholiques. Quand on parle de la peine de mort, il vaut mieux le faire devant un crucifix, on gagne du temps.

Elle prenait rendez-vous au téléphone. Elle était généralement assez bien accueillie. La révérende, le curé, le pasteur, bref le ou la responsable pensait que ce témoignage original attirerait la curiosité de paroissiens saturés de télévision mais qui n'avaient généralement rien de frais à se mettre sous les yeux. Elle négociait à l'aune de l'intérêt probable du public le prix de leur prestation. Tout le monde comprenait qu'elles se fassent payer au moins le déplacement. Un vrai cachet était plus difficile à obtenir car les paroisses avaient plus tendance à demander de l'argent qu'à en donner. « Si la mère, elle-même, témoigne, on fera un effort. »

Quels que soient l'heure ou le jour, elles n'avaient jamais fait de grosses audiences d'autant que, prudemment, elles officiaient dans des États éloignés de la Virginie où l'affaire David Dennis avait eu peu d'écho. Pour la plupart des participants, l'histoire de David était bien abstraite et ils faisaient toute une gymnastique mentale pour se persuader que la personne qu'ils écoutaient était bien la *mère d'un condamné à mort.* Ce qui les frappait d'abord c'est qu'elle fût normale, comme n'importe quelle femme du public. Son drame se voyait d'autant moins que Martha faisait tout son possible pour contrôler ses émotions. Dans les églises, elle calquait par réflexe son attitude sur celle des fidèles et évitait de se donner en spectacle, ce spectacle qu'ils attendaient tous.

Les réunions ne se tenaient jamais dans le lieu du culte lui-même, le sanctuaire dont elles étaient indignes, mais dans une pièce contiguë où, sous prétexte de convivialité, on camouflait le manque désespérant d'effectif et la propension du public à ne pas arriver à l'heure. Il était si peu nombreux parfois qu'il fallait attendre à l'extrême limite de l'horaire un couple qui justifiait son retard par des contraintes d'emploi du temps dont Martha et Rosario avaient perdu jusqu'à l'ombre du souvenir : un enfant à déposer chez un copain, un coup de fil qui n'en finissait pas. Le poids de la vie concrète de gens sans histoire, la matérialité de toutes petites existences banales, et, finalement, le manque de ponctualité et de disponibilité de la partie la plus charitable de l'humanité.

Ah ! commentait Rosario presque pour elle-même, ils n'étaient pas des gens à se lever, à tout quitter et à aller sur la route derrière le Seigneur, chant qu'ils entonnaient à chaque service religieux avec force et conviction. Pour une fois qu'on leur apportait le Seigneur, du moins son image, et pour ceux que ça pourrait choquer, l'écho de son agonie, ils arrivaient en retard, prenaient leur temps pour s'asseoir, commentaient à plus soif l'événement qui les avait retenus tout en faisant des signes d'amitié à leurs voisins et en scrutant la salle pour se compter. Ils demandaient que l'on attende encore Peter qui avait promis la veille qu'il viendrait ou Mary qui avait laissé entendre que la peine de mort l'intéressait.

Que l'histoire commence ! Rosario pensait qu'il ne fallait pas partir de trop loin. Martha devait centrer son propos sur les terribles conditions de l'incarcération dans le couloir de la mort. L'attention des gens était limitée. La télévision leur avait donné l'habitude de la rapidité. Avec eux, il ne fallait pas tourner autour du pot, mais aller droit au but : l'argent. Rosario avait une juste idée du sens du récit. Où elle se trompait, c'était dans le choix des épisodes. Ce qui intéressait les gens, ce n'était pas le présent, soit David en prison, mais le début, le crime, et la fin, l'exécution.

« De quoi est-il accusé ? » demandait-on en premier, quand ce n'était pas : « Qu'est-ce qu'il a fait ? » Et Martha et Rosario se heurtaient à la même difficulté que celle que j'avais rencontrée pour résumer l'affaire à mes correspondants. Les mots qui avaient induit la sentence faisaient horreur : viol, meurtre, actes de barbarie.

« Qui était la victime ? » Une étudiante, une jeune fille de dix-sept ans. Le dire c'était rejouer le procès et obtenir en cinq minutes les réactions épouvantées du jury. Les paroissiens se changeaient d'un seul coup en autant de jurés condamnant David à l'unanimité.

— Les femmes faisaient bloc. Elles nous rejetaient, regrettait Rosario, justifiant ainsi la distance qu'elle conservait à mon égard. Elles n'ont jamais été de notre côté. On parle toujours de la fameuse solidarité féminine. Je ne l'ai jamais éprouvée, sauf avec Heather Heath, justement parce que ce n'était pas son truc. Janet Leigh a accablé David, Susan Eliott n'est pas venue témoigner à décharge. La défense a tenté de purger le jury de toutes les femmes, elle les sentait potentiellement dangereuses. Vous me direz qu'elles étaient solidaires de Candice. Peut-être s'identifiaient-elles plus à la jeune fille, mais cette énième expression de leur narcissisme prenait une voie bien étrange. Immanquablement, une femme prenait la parole.

— Une femme en noir !

— Une femme.

Je la vois se lever, gonflée de cris, disait Rosario le regard dans le vide. Elle guette depuis le début, cachée au milieu des fidèles, elle attend son tour. Elle parle au nom de Dieu, de la famille, de la société, c'est selon. Elle pointe son doigt sur nous. C'est la prophétesse des temps présents qui braille avec la voix des temps passés. J'ai dans la tête ce ton de l'imprécation, il monte très haut, se charge de colère, se déroule et nous éclabousse. Je disais à Martha : « N'écoute pas, n'écoute pas la violence immémoriale des femmes. »

Cela me fait penser aux lettres anonymes que l'on ouvre innocemment, poursuivait Rosario, et dont la folie nous saute à la figure, qui nous terrifient avant même qu'on les lise ou qu'on les comprenne. Les écritures démantibulées, les points d'exclamation, les fautes — plus que de coutume ou de raison —, juste pour salir. Le langage de l'imprécation. On en a reçu qui décrivaient sa mort à lui et qui détaillaient son supplice. On en a reçu qui souhaitaient notre mort à Martha et à moi, et qu'on passe par tous les stades de l'agonie de Candice. On en a reçu qui se réjouissaient de la mort de mon chien.

Et les coups de téléphone, poursuivait-elle, le souffle de la voix, la précipitation pour balancer l'ordure. Je disais à Martha : « N'écoute pas, raccroche. » Mais comme ils aimaient se répandre dans le répondeur ! La jouissance de l'imprécation.

La veuve du chagrin de l'humanité, la dépositaire de la colère du monde, l'imprécatrice grosse de son propre malheur, cassait l'ambiance. Par une lâcheté naturelle qui les poussait à ne jamais prendre parti, les gens se levaient et se défilaient sans donner. L'organisateur de la soirée ne prenait même pas l'initiative de faire une quête, désireux qu'il était d'effacer le souvenir d'une soirée de mauvais goût.

Vous n'imaginez pas comment ces gens s'absolvent et se consolent. Ils se consolent de tout. Ils se consolent avant d'avoir du chagrin et s'absolvent avant la faute. Ils venaient chercher à notre contact comme une promesse et un certificat de bonne conduite. Ils nous arrachaient l'assurance formelle que leur fille ne serait jamais assassinée et que leur fils ne finirait pas à Greenleaves.

Alors, continuait Rosario, c'est un réconfort de penser que cet argent dit honnête, acquis au prix de tant de violence et de tant d'humiliation allait s'engloutir dans des machines voyantes et bruyantes, et devenir sous les doigts de Martha un flot, un fleuve, un débordement de pièces. Quêter, jouer, gagner, perdre. On blanchissait l'argent de Dieu, on le purifiait, ça oui, riait Rosario.

31

Elle me montrait la chienne qui se chauffait au soleil derrière la cuisine du motel.

— Quand nous sommes arrivées, elle était pleine, le ventre énorme et les mamelles gonflées. Elle a eu ses petits, elle les a allaités et maintenant on les lui a enlevés. Il s'en passe des choses dans une vie où le temps se multiplie par sept !

Je lui avouais que je ne suivais plus le calendrier que par la date de péremption des pots de yaourt qui bloque le temps puis l'accélère. Je lui dis comment quelques jours plus tôt la capsule d'aluminium m'avait entraînée juste après l'exécution de David, dans une période que je ne pensais jamais connaître.

À ce point du monde, à cet instant de l'histoire, j'étais aussi désorientée qu'en pleine mer le jour où, m'étant éloignée, je ne sentais plus le sens du courant. L'eau à l'infini, le ciel à l'infini, l'eau à la place du ciel, le ciel à la place de l'eau. Depuis, ma montre s'était arrêtée et je n'avais pas essayé de la faire repartir. Je pensais à David Dennis qui avait volontairement brisé la sienne le jour de sa condamnation. En entrant dans le couloir de la mort, il avait détaché sa montre de son poignet et l'avait frappée contre le mur de sa cellule pour ne pas être obsédé par l'écoulement du temps. Bien après sa mort, l'aiguille de la montre de Candice n'en finissait pas de courir. Cette montre obstinée, au mécanisme inusable, continuait de battre sur la table d'autopsie à côté du corps qui commençait à se putréfier. L'avait-on arrêtée en la brisant comme David l'avait fait pour la sienne ? Ou au contraire la mère de Candice l'avait-elle attachée à son poignet ? Y est-elle encore, témoin indéfectible de la vie de la jeune morte ?

Ici à Nags Head, chacune à sa façon et sans nous être concertées, Martha, Rosario et moi, nous effacions le temps, nous l'étalions, nous le projetions bien au-delà de la date de l'exécution. Nous restituions à David le droit de ne pas connaître l'heure de sa mort. Nous le déprogrammions. Les bourreaux vivent l'œil sur le chronomètre, mais comme David l'avait décidé pour lui-même, nous n'avions plus d'agenda et nous ne comptions pas les jours. Pas de calendrier, pas de montre.

Je dis à Rosario que la vie accélérée des chiens me semblait trop rapide. Elle me répondit que sur l'ensemble de leur existence c'était peut-être vrai mais que, dans le cours d'une journée, leur temps ralentissait jusqu'à être interminable.

— Regardez, elle n'en finit pas de dormir comme si elle avait tout le temps.

Nous n'avions plus « tout le temps » et je m'enhardis à lui dire ce qui me rongeait. Je n'imaginais pas comment, si près de la fin, sans une évolution significative de l'enquête, David pouvait encore s'en sortir. Il me semblait qu'un sursis ou toute autre mesure en sa faveur devrait, *maintenant*, s'annoncer.

Rosario se montrait confiante, elle se fondait sur le précédent des trois premières dates fixées, puis finalement commuées.

— Mais dix jours ! lui dis-je, montrant que je n'avais rien saisi de sa théorie sur le temps et que malgré moi je continuais de compter parce que la date que j'essayais d'oublier m'obsédait au point de devenir le point fixe de ma vie.

Rosario m'expliqua que dans l'affaire David Dennis, Martha et elle avaient été confrontées trois fois à une date définitive. Trois fois, elles avaient vécu l'agonie, imaginé la mort, entamé le deuil, trois fois la date avait été commuée dans la dernière semaine et, pour la plus critique, seulement trois jours avant. Et chaque fois la machine judiciaire, les rouages des appels avaient fonctionné à temps.

Elle me précisa, et ce n'était pas pour me rassurer, que dans la salle d'exécution il y avait un téléphone rouge directement relié au bureau du gouverneur. Il pouvait interrompre le processus même dans sa phase ultime. Elle évoqua Caryl Chessman qui était entré sept fois dans la chambre de la mort et qui n'avait été exécuté que par la faute de la secrétaire du gouverneur qui devait lui signifier sa grâce, tout au moins une nouvelle suspension de l'exécution. Elle avait composé un mauvais numéro et attendait que l'on décroche pour annoncer le sursis. Quand elle s'était rendu compte de son erreur et avait fait enfin le bon numéro, Caryl Chessman venait juste de mourir. Il était si confiant sur l'issue de sa demande qu'il avait retenu l'air dans ses poumons le plus longtemps possible.

Rosario était-elle inconsciente ou connaissait-elle les tractations occultes de Heather Heath ? Je me réconfortais en pensant qu'elle savait des choses qu'elle ne voulait pas me dire et qui la rendaient confiante à cent pour cent. Mais le soupçon me traversa, douloureux et fulgurant, qu'il ne se passait rien et qu'elle nous menait en bateau. En se servant de l'image de Heather Heath, elle nous conduisait doucement, Martha et moi, vers le jour irrémédiable pour nous faire basculer sans que nous nous en apercevions dans le néant qu'elle ne pouvait pas éviter. « Impossible », m'avait dit David Dennis quand j'évoquais son exécution. « Impossible », me répétait Rosario. Étais-je au contraire la seule à penser que c'était possible, parce que je venais de Rosebud et que l'on m'avait convaincue, là-bas, que l'exécution de David Dennis était certaine ?

— Il faut que vous arriviez à comprendre, me dit-elle comme on tance une élève bornée, que ce n'est pas une simple histoire de justice. Le juge Edward veut de toute son âme la mort physique de David, mais Heather Heath veut la mort morale du juge Edward. Si nous gagnons, le juge Edward perd. Il perd son honneur, sa réputation, son influence, son crédit. Il perd tout.

— Si nous gagnons !

— Bientôt, Heather Heath annoncera elle-même que l'examen des empreintes dentaires que nous réclamons depuis presque dix ans est enfin accordé.

— Vous en êtes certaine ?

— C'est ça ou la publication sur le web du projet du repas cannibale à la Fraternité. Ont-ils seulement le choix ?

32

Il s'agissait d'une confidence faite par Anthony à Rosso après les renseignements sur le traitement des *pets* dans sa Fraternité. Une révélation d'une telle monstruosité que Martha l'avait gardée secrète pour ne la raconter qu'à Rosario et que Rosario choquée n'avait à son tour voulu la dévoiler qu'à Heather Heath. Elle bouleversait la compréhension d'une histoire qui relevait plus ou moins du sexe, de la jalousie et de la drogue pour lui donner une dimension qui la rendait proprement inconcevable.

Pour marquer de façon solennelle leur entrée à l'université, et sceller à tout jamais leur pacte fraternel, les étudiants de la Fraternité de White Home avaient décidé d'organiser un repas cannibale. Pas une énorme boucherie mais un vrai dîner — nappe, porcelaine, argenterie et verres en cristal comme à la maison —, avec un plat de viande dans lequel serait introduit un morceau de chair humaine. Un grand moment. Tous unis par le risque et le secret. Qui l'a eu ? Qui l'a mangé ? Et pire, qui a reconnu ce qu'il mangeait ?

— Impossible !

— Ah bon ! répondit Rosario, vous trouvez cela *impossible*. Vous n'avez jamais entendu parler de bizutage ou d'autres cérémonies d'initiation ? Ce n'est que lorsqu'ils dérapent que ces rituels laissent apparaître la profondeur et l'archaïsme des mœurs qui les favorisent ou les acceptent. Vous n'avez jamais vu des reportages sur le sujet ? Tel fils de famille coiffé d'une tête de cochon, telle insoupçonnable étudiante jupe relevée dans une attitude dégradante. C'est toujours dans le journal que les parents découvrent que leurs paisibles adolescents sont des violeurs de tombes, des déterreurs de cercueils, qu'ils ont planté une croix dans la poitrine d'un cadavre.

Sans que je puisse en croire un seul mot, Rosario affirmait que le cannibalisme sous la forme discrète d'un repas restait l'acte symbolique capital des grandes cérémonies de bizutage. Elle banalisait le fait en me rappelant que les carabins ne s'en privaient pas. Après les séances de dissection, il y avait toujours un joyeux drille pour emporter un morceau de macchabée. Il l'exhibait en temps opportun, à la grande excitation d'un public féminin devant lequel il pouvait s'affirmer. Elle-même pouvait en témoigner. Elle avait vu, de ses yeux vu, un cadavre crucifié sur un panneau indicateur d'autoroute. Ce n'était que l'aimable plaisanterie d'étudiants en médecine qui fêtaient la fin des examens.

Buddy, Harry et Anthony s'étaient spontanément adressés à David comme à un membre déjà initié. David était tombé des nues. Il s'attendait à tout, une partie de jambes en l'air, une soûlerie magistrale, de la marijuana, du crack, de la cocaïne, mais pas de la chair humaine. Son étonnement prouvait assez qu'il n'appartenait pas à la Fraternité. Peut-être les garçons eurent-ils à ce moment leurs premiers doutes sur sa véritable identité. Comme cela coïncidait avec la liaison de David et de Candice, ils n'en reparlèrent plus.

C'est en apprenant les mutilations de Candice que la proposition d'Anthony était revenue à l'esprit de David. Le fameux repas cannibale avait donc eu lieu, pas longuement mijoté comme ils en avaient eu d'abord l'intention, mais à pleines dents, à pleine bouche, tous ensemble au-dessus de la jeune fille qu'ils avaient violée, tuée puis dévorée. Sexe, humiliation, mort et cannibalisme selon la sacro-sainte litanie, tout y était. Son premier souci avait été de savoir si le légiste avait pris les empreintes des morsures sur le corps de Candice. Les empreintes, il n'avait que ce mot en tête. Il interrogeait quiconque l'approchait sur les fameuses empreintes. « De quoi avez-vous peur ? » demandait l'avocat Floyd, lui laissant entendre qu'il craignait que les empreintes ne l'accusent. Avant de le rassurer : « Oui, tout a été fait, légalement fait. Le juge Edward y a personnellement veillé. Mais je ne crois pas que vous deviez persister dans cette exploitation de l'insoutenable. »

Cette histoire d'empreintes avait tout de suite passionné Heather Heath. Elle se rappelait une affaire qui s'était déroulée à son époque et dont Rosebud frissonnait encore. Quinze jours après la rentrée universitaire, à l'époque des bizutages, une jeune fille d'une université voisine avait été retrouvée attachée à un arbre du campus. Elle était entièrement dévêtue, son corps avait été enduit de miel, de confiture de fraises et de chocolat. Des garçons de Stone l'avaient léchée toute la nuit. Épuisée, la peau en feu, la jeune fille tremblait de peur et de honte. D'après Heather Heath, c'était une version soft du festin cannibale.

Les garçons de White Home avaient désiré pour leur initiation quelque chose de plus concret, une sorte de cuisine bourgeoise du cannibalisme. « Voilà l'envers du décor de ces univers trop propres », expliquait Heather Heath qui s'y connaissait. Lors d'un reportage sur les universités de filles, elle avait recueilli les plaintes des élèves du plus beau et du plus brillant collège de la Côte : « Nous avons une telle pression, on nous demande d'être parfaites. » Heather Heath qui était pour ces jeunes filles l'image même de la perfection et de la réussite avait été invitée à une soirée particulière. Après avoir laissé leurs manteaux de fourrure au vestiaire, les étudiantes qu'elle avait interviewées s'exhibaient intégralement nues devant les garçons d'un collège militaire, qui n'avaient évidemment pas le droit de les toucher.

« — *Impossible!* lui avait répondu un professeur à qui elle en avait parlé le lendemain. Elle enseignait dans la vénérable et célébrissime institution depuis quinze ans, elle n'en avait jamais entendu parler.

— Le sexe et le secret font bon ménage, avait conclu Heather. Personne ne veut le voir, ni les parents des filles, ni a fortiori les parents des garçons, parce que eux aussi y sont passés. Si on tire ce fil-là, on met toute la société à nu. Le sexe, l'humiliation sont à la base des cérémonies d'initiation. Parfois, la mort les rattrape au tournant.

— Maintenant que vous le dites, se rappelait le professeur, il y a quelques années on a retrouvé le cadavre d'une élève sur le terrain de golf. Elle était nue. Meurtre non élucidé. »

33

Étrange pays qui donnait des noms de filles aux ouragans et des noms de bonbons aux filles. Étrange pays où les jeunes filles qui domineraient la société se laissaient attacher à des arbres pour se faire lécher et croquer par des garçons qui jouaient aux cow-boys dans la mise en scène d'une virilité impossible. Étrange pays où l'on rendait la justice au nom de Dieu et qui exposait des cadavres crucifiés à l'entrée des autoroutes.

Je demandais à Rosario si c'est en Virginie qu'elle avait vu le cadavre crucifié. Elle me regarda surprise :

— Non ! bien sûr. C'était en Argentine.

La seule ouverture, à peine une meurtrière sur le passé de Rosario, donnait sur un cadavre parcheminé et raide, la tête hâve inclinée sur l'épaule, les mains percées de clous, les pieds joints. Un vieil homme jaune et pâle entièrement dénudé.

Je m'étais trompée, toute la composition était

à refaire, il fallait ajuster autrement les morceaux du puzzle : l'ouragan, la fille, le sucre d'orge et le cadavre. David Dennis détenait le début de l'histoire, Heather Heath la fin. Martha n'était que le témoin désolé d'un épisode qui n'intéressait plus personne. Rosario s'impliquait dans le scénario au nom d'un souvenir refoulé dont elle n'avait jamais livré qu'une clef : le cadavre d'un homme crucifié.

Si j'avais dû reprendre à Rosebud les cours de création, je savais maintenant le sujet que j'aurais proposé : « À la fin de l'été, Candy, une étudiante de Rosebud, est découverte assassinée sur la plage de Virginia. » Alors, libérées, les étudiantes décriraient leurs cérémonies secrètes, leur désir des garçons, leur peur du sexe, leur appréhension d'être violées. Le *sweet and secret* dont m'avait parlé Philip n'était pas qu'une façon d'être, un style de vie élégant, mais une douceur distante et souriante pour camoufler une grande appréhension d'aimer, une véritable angoisse de vivre.

En racontant à leur tour l'histoire de Candy, elles ne parleraient que d'elles-mêmes, de leurs relations avec leurs petits amis, des premières sorties, de la robe éclatante tout de suite fanée, des baisers au goût de bière sur la banquette arrière, de la main baladeuse du garçon qu'elles bloquent entre leurs cuisses. Oui, à propos d'un crime commis il y a dix ans, elles me dévoileraient la vie des jeunes filles accomplies du Sud. Rosebud ne serait plus le lieu de la beauté ou de la magnificence mais un piège traversé d'itinéraires tragiques. Elles n'auraient pas fait mourir Candy dans une chambre de la Fraternité de White Home, mais à Rosebud, à quelques mètres de la maison du juge Edward, au terme d'une longue traque terrifiée dans les bois centenaires. Violée, blessée, battue, abandonnée, Candy serait morte de peur.

Je ne partageais pas ce point de vue. J'avais ma propre version de l'histoire. Candice n'a pas eu peur et elle est morte pour n'avoir jamais eu peur. À la Fraternité, elle n'était peut-être qu'une *pet*, mais de nom, pas d'usage. Après avoir fait le tour des garçons et avoir constaté à quel point ils étaient novices, elle s'était attachée, du moins provisoirement, à David. En vertu de sa précocité et du nombre de ses expériences, c'est elle qui avait fixé les règles d'un jeu qu'elle connaissait et qu'elle maîtrisait.

La dernière soirée, elle décide de tout. Elle refuse de participer à la fête que donne le trio et leurs amis. Malgré leur insistance à la retenir, elle entraîne David pour s'isoler avec lui dans sa chambre. Anthony, Harry et Buddy sont déçus. Ils disent que ce n'est pas sympa de faire bande à part. Candice répond qu'elle est la seule fille. Elle ne se sent pas très à l'aise au milieu de tous ces garçons déjà ivres. Anthony a beaucoup bu, il est très rouge, suant, dépoitraillé, il insiste. Il accompagne Candice et David jusqu'à la chambre en continuant de supplier Candice de rester. Il la retient même par le poignet. Il serre trop fort. Elle se plaint. Elle a mal ! David intervient pour repousser Anthony. Anthony est trop ivre pour tenir debout, il perd l'équilibre, se cogne contre le mur. Quand il se relève, il menace David : « Toi, me touche pas ! »

David sait ce dont il a besoin. Il va chercher dans la chambre une dose de drogue qu'il donne à Anthony pour l'apaiser. Anthony prend la dose sans remercier et adresse des menaces à Candy : « Tu ne perds rien pour attendre, espèce de... » David et Candice entrent dans la chambre. Ils se déshabillent et laissent leurs vêtements éparpillés autour du lit. Ils mettent de la musique, très fort pour faire écran à la sono des garçons. Ils font l'amour et tombent dans leur premier sommeil, l'un dans l'autre, emmêlés et lourds. Quelqu'un frappe à coups de poing à la porte. Réveillé en sursaut, David saute du lit tout nu. Il ouvre. C'est Buddy. Il dit que le son de leur chaîne est trop puissant et que les voisins se plaignent. Buddy réclame une dose pour Anthony, David dit qu'il n'en a plus. Candice râle parce qu'on l'a réveillée.

En se recouchant, David regarde sa montre. Il a encore un peu de temps avant de partir pour le Maryland. Il prend Candice dans ses bras et l'embrasse. Il lui demande si elle veut qu'il la raccompagne à Rosebud en passant. Elle répond qu'il est trop tard, qu'elle est trop fatiguée, qu'elle ne veut pas réveiller sa voisine de chambre, ni s'habiller, ni se déshabiller, ni se rhabiller, ni se laver les dents avant. Elle le dit d'une voix traînante, comme si elle parlait en dormant. Ils se rendorment profondément.

Un cri dans la maison. Les garçons courent dans l'escalier. David se réveille en sursaut, il regarde l'heure, l'aiguille n'a pas bougé, sa montre est arrêtée. Quelle heure est-il ? Il soulève le poignet de Candice qui pend en dehors du lit, pour regarder sa montre. Candice gémit : « Est-ce qu'on peut me laisser dormir, à la fin ! » Il est atrocement tard. Ou tôt, comme on voudra. David n'arrivera jamais à temps pour trouver Susan chez elle avant son travail. Il s'habille à tâtons dans le noir. À la va-vite il remplit son gros sac de sport. Il empile, il entasse, il bourre dans l'obscurité pour ne pas réveiller Candice. Il oublie la moitié des choses. Il se précipite sur la porte, puis revient vers le lit pour lui dire au revoir. Elle dort paisiblement. Il lui remonte le drap jusqu'aux épaules, il lui pose l'oreiller sur le visage pour qu'elle n'entende pas l'ouverture de la porte, qu'elle ne voie pas la lumière du couloir.

Dehors, la voiture de Buddy est garée en travers du chemin et l'empêche de sortir la sienne.

David s'énerve, il cherche Buddy dans la maison pour qu'il déplace sa voiture. À ce moment, il n'a qu'une idée en tête, rattraper le temps perdu pour être à l'heure à son rendez-vous. En haut de l'escalier, assis sur les marches, Buddy et Harry boivent encore de la bière. Buddy est si ivre qu'il ne comprend pas ce que David lui demande, il est bien incapable d'ailleurs de déplacer sa voiture tout seul. « Passe les clefs », ordonne David. « Tu me parles pas comme ça ! » grogne Buddy en fouillant dans sa poche. Les deux garçons n'ont pas un geste pour aider David à traîner son énorme sac de sport. Quand il revient pour rendre les clefs, il a sa planche de surf dans les bras, il leur dit de la mettre dans sa chambre. « Si on veut ! » fait Harry. Anthony sort du living-room, il demande une dose à David « Va te faire foutre », répond David.

Si Anthony est entré dans la chambre de David, c'est uniquement pour la fouiller et y trouver de la drogue. Si les deux autres garçons l'ont suivi, c'est pour ranger sa planche. Quand ils ont allumé, ils n'ont pas tout de suite vu Candy dissimulée par les draps et l'oreiller. Ils ont été surpris de la voir se redresser nue et ensommeillée. Elle leur a demandé, en se relevant sur un coude, ce qu'ils foutaient là. À ce moment encore, tout pouvait bien se passer, les trois garçons pouvaient s'excuser, sortir, éteindre la lumière et la laisser dormir. Leur irruption dans la chambre ne l'a pas effrayée. Elle les connaît si bien. Elle est simplement irritée parce qu'elle a sommeil, qu'elle est fatiguée, sur quel ton devra-t-elle le répéter ? et eux, David, les voisins, le boucan dans cette maison, tout l'empêche de dormir. Elle leur crie avec rage de dégager.

Ils n'obéissent pas. Elle ne parle pas à l'Anthony et au Buddy qu'elle connaît, mais à des garçons ivres et drogués. Ils se rebiffent, ils l'insultent à leur tour, elle n'est qu'une pétasse, une pute pour étranger, un con pour Yankee. Ils disent qu'eux aussi ont le droit de coucher avec elle. À un autre moment, elle n'aurait pas été fille à refuser une tournante, elle l'aurait elle-même mise en scène, chacun à sa place selon ses talents. Mais là, elle est horripilée. Ils n'ont pas à lui parler comme ça. Ils sont nuls, moches, répugnants. Ils puent et d'ailleurs dans l'état où ils sont, ils ne peuvent rien lui faire. Pauvres types ! Elle s'assied sur le lit, la poitrine nue, le drap à peine remonté sur le ventre. Elle hurle.

Anthony la gifle de toutes ses forces, la tempe de Candy heurte avec violence le bois du lit. Un immense mal de crâne déclenche des flashs argentés devant ses yeux, et dans sa tête du tonnerre et de la foudre. Elle dit : « Oh ma tête ! » Ce seront ses derniers mots. Anthony ne voit pas le visage crevé, l'énorme trou dans la tempe, il se couche sur elle. Elle a des râles, des spasmes, des tremblements, qui donnent l'impression qu'elle se débat, lutte et se refuse. Buddy dit qu'il va la rendre sage. Il prend la corde de nylon de la planche de surf et lui attache les mains derrière le dos avec un nœud qu'il a appris en camp de vacances. L'oreiller, les draps, le matelas boivent le sang qui coule de la tête, du nez, de la bouche. Le corps se relâche brusquement, mou. Anthony et Buddy le chevauchent à tour de rôle sans arriver à le pénétrer. Harry regarde. Il tient toujours dans ses mains une bouteille de bière. Quelle relation fait-il entre la bouteille et le corps ? Comment peut-il imaginer que la bouteille, toute la bouteille, puisse entrer dans ce corps ? Tout est possible maintenant. Tout est possible, même mordre et dévorer.

34

Je prenais Martha et Rosario à témoin. J'inclinais pour la thèse de l'innocence de David. Je quittais ma position de principe, à savoir la neutralité. Ma version de l'histoire, en reprenant un à un les éléments de l'enquête, innocentait David. L'heure tardive du départ, attestée par un témoin qui avait constaté qu'au volant de sa voiture il paraissait « hors de lui », les flics qui à six heures du matin lui avaient dressé un procès-verbal pour excès de vitesse à une centaine de kilomètres de Norfolk, le grand sac de sport, si lourd à traîner, que tous les témoins avaient signalé dans leurs dépositions. Je justifiais aussi la présence de la planche de surf dans la maison et la corde de nylon qui ligotait les poignets de Candy.

Mon récit respectait chaque détail : le refus du couple d'assister à la fête, l'intrusion de Buddy venu réclamer à la demande générale de baisser la musique qui hurlait dans la chambre des amoureux, l'air hagard de David surpris nu dans le sommeil qui suit l'amour, le corps de Candice dissimulé par les draps et les oreillers...

Bien sûr, j'ajoute de mon propre chef l'exaspération croissante de Candy qui la rend si violente avec les garçons venus contrarier son sommeil. Je lui prête ma propre fatigue, celle que j'éprouve au bout de toutes ces journées sur le qui-vive, de ces nuits dans le flux de la télévision. Je sais cet épuisement profond que tout bruit, toute lumière aggravent. J'ai mal sur toute la surface de ma peau, jusqu'aux racines de mes cheveux. Je voudrais dormir et cela fait des semaines que je ne peux plus.

Rosario me reproche de faire la part trop belle au hasard. D'après moi, ce serait presque par accident que Candy a été tuée. Je lui réponds que la plupart des meurtres sont provoqués par des circonstances imprévues, un itinéraire modifié, un horaire déplacé, tout ce qu'on nomme le destin. Dans l'histoire de Candy, il faut inscrire comme facteurs déclenchants sa mauvaise humeur et la drogue. Justement Rosario n'est pas d'accord :

— Vous dites « drogue » mais quelle drogue ? Vous en parlez comme quelqu'un qui ne sait pas et qui emploie des mots sans les connaître. Elle a bon dos la drogue !

Je n'en sais rien mais la drogue est là, elle sous-tend toute l'histoire. Rosso a témoigné de son importance, Anthony a fait une cure de désintoxication. La drogue, plus que le sexe encore, est le moteur de cette affaire, même si les parents de Candice nient qu'il y ait eu sexe et les parents des garçons qu'il y ait eu drogue. Mais il y a eu sexe et drogue. Sans drogue, comment expliquer la suite, le viol, les morsures, les arrachements? Je ne sais pas le nom de la drogue qui déclenche un pareil déchaînement, mais le déchaînement a eu lieu et le corps de Candy a été dévoré comme par des chiens fous. Sans drogue, je ne m'explique pas comment des jeunes gens bien sous tous rapports, élevés dans un milieu protégé, éduqués et instruits ont pu se livrer à de tels actes. L'alcool n'y suffisait pas. Non seulement il fallait qu'ils n'aient plus de conscience, mais qu'ils soient hallucinés, prisonniers d'une force qui n'était pas la leur, chimiquement dissociés. En d'autres temps, on aurait dit envoûtés.

— En leur trouvant des circonstances atténuantes, vous ne donnez pas un beau rôle à David. Il n'a jamais touché à la drogue, il n'en a jamais vendu.

Rosario me reprochait de compromettre David dans une affaire où il était blanc comme neige. Elle n'avait pas tort, pour le sauver beaucoup je l'impliquais un peu. L'infime restriction que je faisais sur son innocence signifiait-elle l'impossibilité de croire à son innocence totale?

Entre Martha qui ne croyait pas à l'innocence et Rosario à la culpabilité, je balançais. Si David était coupable d'avoir fourni la drogue, peut-être d'avoir initié les garçons, il était finalement coupable d'avoir provoqué la mort affreuse de Candice.

Peut-être Rosario avait-elle percé mes sentiments profonds sur la culpabilité de David. À Greenleaves, je n'avais pas rencontré un innocent mais un condamné. Et je me rappelais la consternation de David lorsque je lui avais exposé mes beaux principes. Peu importait qu'il fût ou non coupable, ou la nature du crime qui lui était imputé. Je me souviens qu'il m'avait dit très nettement que s'il n'était pas innocent il ne se battrait pas pour ne pas mourir. Toute solution lui semblait préférable à la prison à perpétuité, y compris la peine de mort. Il avait même envisagé de se libérer par le suicide. Il m'avait cité un fragment d'un vers de Whitman, je crois, sur le fleuve de sang qui emporte vers la grande paix.

Ai-je le droit d'extrapoler à partir de l'impression que j'ai eue et d'affirmer que David n'était pas absolument opposé à la peine de mort. Il n'avait adopté sa position abolitionniste qu'au terme du parcours que lui avait imposé le juge Edward, en bout de course, juste après avoir demandé une expertise psychiatrique, quand il n'y avait plus rien à tenter. Son engagement contre la peine de mort s'était réveillé avec le sentiment d'être plus européen qu'américain. Français de souche, il réclamait l'application de la loi française. Il était au courant de toutes les prises de position des hommes politiques européens qui avaient réclamé un moratoire contre la peine de mort. Il m'avait cité des noms, des interventions, des dates que je ne connaissais pas.

Tout en pensant que l'engagement de David contre la peine de mort était une manœuvre, je m'en voulais de le penser car il m'avait aussi dit l'horreur du départ des programmés. Avant de vivre son dernier jour, chaque condamné était tenu d'assister à la dernière journée des autres suppliciés. Six ans, sept ans, voire neuf ans, comme David, dans le couloir de la mort, cela fait combien de départs ? Avec l'effervescence de ce jour-là, les visites du médecin, des avocats, des officiels, des religieux ; les changements de gardiens, l'arrivée du bourreau... Les prisonniers deviennent fous, ils aboient et hurlent comme des enragés derrière les grilles pour ne pas entendre, ne pas voir, ne pas subir. Et puis, silence dans les cages, c'est la remontée du couloir par l'homme mort, déjà mort avant d'être mort, qui va à la mort. La terrible répétition de ces instants-là.

David en témoignait. Il avait relevé ses manches sur ses avant-bras et, derrière la vitre du parloir, il me montrait ce que j'avais pris pour des bracelets multicolores. Des chapelets. Je vois encore les chapelets de nacre aux grains fins, les chapelets de faux corail aux perles rouges, les petits chapelets de plastique bleus ou verts, les chapelets de noyaux d'olives. Il en avait sur les deux bras, jusqu'aux coudes. Une décoration excessive et dérisoire. Lorsqu'un prisonnier allait à la mort, il donnait son chapelet à son voisin de cellule. David était le témoin d'une cérémonie qui ne s'arrêtait pas. Une vingtaine d'exécutions par an ne lui laissaient pas le temps d'oublier. Dans le couloir de la mort, personne n'oubliait. Chaque prisonnier pensait à la mort sans répit.

David ne pouvait sortir de cet enfer qu'innocent, pas à demi coupable comme Rosario me suspectait de le penser. Les moindres événements de la vie pèsent en défaveur des prisonniers ! Combien de jeunes hommes coléreux se séparent d'une femme après une scène violente sans que cela leur soit jamais reproché. Et tous ces types un peu arnaqueurs qui se font passer pour ce qu'ils ne sont pas, qui empruntent de l'argent en sachant qu'ils ne le rendront pas. Mais que le bonhomme soit accusé d'un autre délit, et l'addition s'allonge. On lui présente toute la note.

— Prenez n'importe qui, disait Rosario, enfermez-le pour suspicion de ce que vous voudrez, fouillez sa vie, faites témoigner l'entourage, et vous dresserez l'équation d'une culpabilité indiscutable.

— Ce qui a dû le plus peser contre David, risquai-je, c'est cette histoire de Fraternité.

— Oui, si on le voit comme une usurpation. Mais David avait déjà eu des contacts avec cette Fraternité, dans sa première université. Et puis, c'est au Maryland que Susan l'avait mis en relation avec des représentants de White Home. David n'est pas venu à Norfolk par hasard, mais sur les conseils d'un ami de Susan qui lui avait promis qu'il trouverait du travail à Virginia et un logement à White Home. Il n'est pas venu squatter la Fraternité de Stone. Quelqu'un l'a accueilli. On lui a ouvert la maison, on l'a aidé à s'y installer, on lui a donné les clefs.

— Mais pourquoi cela n'est-il pas ressorti au procès ?

— Qu'est-ce qui pouvait ressortir quand l'essentiel était faussé ? On a demandé au référent de White Home de venir témoigner. Lâcheté de sa part ou menaces des membres les plus influents de la Fraternité, il ne l'a pas fait, comme Susan d'ailleurs qui n'est pas venue témoigner en faveur de son grand amour.

35

— Je me rappelle, me dit Rosario, notre colère après le procès, devant toutes ces formes de lâcheté, quand j'ai dû enterrer mon chien dans le jardin de la maison qu'on nous a obligées à quitter. Nous avons pris la voiture et nous sommes d'abord parties au Maryland pour retrouver Susan. On s'est fait indiquer l'école où elle enseignait. On l'a attendue. C'était un matin blême après une nuit blanche où nous avions bu trop de café. Nous avons tout envisagé, même une arme pour la flinguer. Heureusement pour elle, les enfants et les parents ont commencé à arriver. On examinait toutes les femmes seules qui pénétraient d'un pas décidé dans la cour de l'école. On ne pouvait pas la reconnaître, on ne la connaissait pas.

Alors nous sommes entrées dans l'immeuble et nous l'avons fait appeler. On a vu une grande jeune femme avec un pull de coton brodé de grosses fleurs naïves. Elle est venue vers nous, le visage avenant. Elle nous prenait pour des parentes d'élèves. Martha a dit : « Je suis la mère de David. » La fille s'est figée. Martha a répété : « Je suis la mère de David et j'avais besoin de vous connaître. » Glacée, Susan nous a demandé de sortir. On n'avait pas le droit de venir la harceler. Elle alerterait le shérif, elle porterait plainte contre nous. Martha a répété : « Je ne vous dis rien de mal, je vous dis que je suis la mère de David Dennis. » La fille s'est reprise, elle a dit : « Je ne connais pas David Dennis, seulement Frank Adam. »

— Frank Adam, vous vous rendez compte, interrompit Martha. Je ne savais pas qu'il connaissait le nom de son père, je ne me rappelle même pas l'avoir prononcé devant lui. Pour ce qu'il a compté ! D'où cela lui est-il venu de prendre ce nom-là ? Je suis à peu près sûre de n'avoir jamais prononcé ce nom. On lui avait fait croire qu'il était le fils d'un GI très courageux qui était venu délivrer la France.

— Son grand-père ?

— Oui, il nous a servi de père et de grand-père, ma mère était si lyrique, elle avait tant d'histoires à raconter sur lui.

— Mais il s'appelait comment ce grand-père-là ?

— Ça, dit Martha, je ne l'ai jamais su.

— Voir cette fille si calme, reprit Rosario, pas plus dérangée que ça d'avoir envoyé un type dans le couloir de la mort, tout au moins d'avoir refusé le moindre geste pour l'empêcher d'y entrer ! Un garçon dont elle avait partagé la vie pendant des semaines, dont elle avait fait l'apologie au directeur de l'école pour qu'il l'engage comme professeur suppléant, un type qu'elle disait aimer au point de vouloir l'épouser.

« J'ai connu Frank Adam, pas David Dennis », refaisait Rosario avec l'accent chochotte de Susan. J'ai décidé d'inscrire son numéro de téléphone dans les toilettes des bars les plus louches de tout le Maryland, de l'inscrire en gros sur toutes les portes de chiottes où j'entrerais.

Si je ne l'ai pas fait, dit Rosario, ce n'est pas faute d'avoir fréquenté les toilettes les plus sales. Nous n'avions plus de chez-nous et c'était le choc de ces endroits mal tenus. Je ne l'ai pas fait parce que de ma vie je n'ai jamais rien inscrit sur les murs. Mais j'ai dit à Martha que je l'avais fait et cela a un peu apaisé sa colère. Elle rigolait en pensant aux nuits que la fille passerait avant de faire changer son numéro et à tous les propos obscènes auxquels elle aurait droit. Ils auraient de quoi entamer la sérénité que la perspective de la mort de David ne lui avait pas fait perdre.

En même temps, nous poussions vers le nord pour retrouver Janet. Martha avait eu l'idée de kidnapper son fils. Revivre auprès du petit garçon tout ce qu'elle avait fait avec David. Comprendre et réparer, je n'étais pas contre, on lui prenait un fils, je lui en redonnais un, juste à l'âge de la boucle sur le front et du diplôme enrubanné de rouge. Rien de plus simple, nous sommes allées chercher le petit garçon à la sortie de l'école. Il a tout de suite reconnu Martha et l'a appelée *grandma*. Tout allait sur des roulettes, mais l'enfant de quelqu'un d'odieux vous est fondamentalement insupportable. Le kidnapping n'a duré qu'un après-midi, le temps de s'ennuyer dans un grand magasin à monter et à descendre derrière lui des escaliers roulants, à lui offrir une glace géante avec un drapeau piqué sur l'étage supérieur des gaufrettes au chocolat. On a fini par le supplier de nous conduire jusque chez lui.

On la voyait à travers la fenêtre, maigre et agitée, tiraillant sur les boules de son collier. Elle s'est d'abord précipitée sur lui puis quand elle a levé la tête, elle est devenue livide, je n'ai jamais vu personne avoir aussi peur. Que pensait-elle qu'on aurait pu faire à son petit garçon ? Le tuer ? De quelle façon ? Et jeter son corps ? Dans quelle rivière ? Demander une rançon ? Il y avait tout ça dans son visage. Ce qu'elle ne comprenait pas c'est qu'on le lui ait ramené. Preuve sans doute qu'elle-même ne l'aurait pas fait. Il lui a dit qu'il avait passé une bonne journée et en témoignage il lui a montré les petits sujets de plastique et le drapeau qui disaient l'importance de la glace qu'il avait ingurgitée.

Elle nous a remerciées, elle était presque à genoux. On aurait pu se faire lécher les mains et cirer les chaussures. C'est seulement le lendemain que les flics sont venus nous déloger de notre motel, nous demander de quitter G. Town et de ne pas revenir importuner un témoin à charge du procès.

Nous avons fait volte-face et nous sommes revenues d'où nous étions parties : le Sud et sur la route du Sud, l'emblématique Richmond. Direction musée d'Art contemporain sur l'avenue gardée par les généraux. Au rez-de-chaussée, il se tenait une exposition sur l'Égypte qui drainait un flux d'enfants et au premier étage une exposition de mobilier Arts déco où il n'y avait personne. Nous sommes montées au dernier étage, celui du restaurant, pour manger une salade. Nous attendions que la mère de Candice débarque, histoire de la voir debout, bien vivante, active en directrice de musée, pas prostrée en *mater dolorosa* dans la mise en scène que lui avaient conseillée ses avocats et le juge. Sa douleur avait saisi le jury au cœur, nous faisant nous-mêmes basculer dans une compassion qui nous aurait poussées à étrangler David de nos propres mains si nous avions eu le moindre soupçon sur sa culpabilité. Nous voulions vérifier que tout se répare, même le chagrin des mères dont les filles ont été assassinées. Martha voulait avoir la preuve qu'il y a une vie après la mort d'un enfant. Elle m'a dit : « J'attends de voir la couleur de sa robe pour choisir la même. » Mais on a refusé de nous servir parce que nous n'étions pas membres des « Amis du musée ».

Ensuite, cap sur Norfolk et, à l'entrée de Norfolk, virage à angle droit sur Rosebud. Martha ne connaissait pas. J'avais l'habitude le dimanche d'y promener mon chien. J'ai tout fait visiter à Martha, le lac, la statue de la jeune Rose, le cimetière des professeurs. Nous sommes entrées dans le club hippique où les élèves viennent monter leurs chevaux. C'est au cœur du bois, au plus bel endroit, là où je lâchais mon chien dans l'odeur des biches, que nous avons découvert la maison du juge. Une architecture incroyable qui s'appuyait sur les arbres pour marquer les séparations et les étages. La preuve de la collusion du juge Edward était inscrite au sein de la forêt de Rosebud, dans l'écorce des arbres.

Nous sommes même allées déjeuner au restaurant, parmi ces demoiselles. Deux cents Candice. Rien à voir avec les Janet ou les Susan, une autre humanité. Martha tremblait rétrospectivement. « Et c'est à ce genre de fille que s'est attaqué David ! Des filles impossibles ! » J'ai remis les choses en place. Elles ne tombaient pas du ciel ! Impossibles mais bien réelles les princesses de poulaillers, les reines de porcheries, les infantes de clapiers, les héritières du coton, plus toutes les autres venues de l'aristocratie de la viande, de l'huile, du lait, du papier. Martha était soufflée : « S'il faut cinq cent mille truies pour aboutir à un exemplaire de *ça*, chacune de ces filles est aussi rare qu'une émeraude pour laquelle il a fallu déblayer trente tonnes de rochers. »

— Plus rare encore appuyai-je en me rappelant la jeune fille rousse, la pierre est muette, mais dans le cochon, il y a de la vie en excès, des affolements, des courroux, des satisfactions de bouche et d'estomac. Et la nuit, dans le sommeil, les cauchemars, les rêves et les désirs de cinq cent mille truies qui vont mettre bas et qui sentent les premiers tiraillements de leurs entrailles, les premières tensions du lait dans leurs treize mamelles. En plus des porcelets, tant de chair vivante, de pulsations, de contractions, de sang, de lait, mettait au monde une jeune fille de Rosebud toute rêveuse, langoureuse et alanguie qui comptait chaque calorie de ce qu'elle ingurgitait, prête à effacer ce qui lui restait de charnel dans le *sweet and secret* collectif.

— Martha ne savait pas qu'une telle humanité pût exister, a continué Rosario. Elle ne pouvait imaginer que des gens pussent vivre dans une pareille beauté. C'était un autre monde, jamais décrit celui-là, nulle part, jamais filmé à la télévision, ni donné en pâture à la convoitise de la populace. Nous avons commandé des glaces aussi grosses et aussi bien décorées que celle que nous avons offerte à notre kidnappé. Sur le menu, une élève avait ajouté ses vœux en forme de supplique. « S'il vous plaît, il nous faut des yaourts, nous avons besoin de calcium ! » « Mais il y en a dans les glaces ! » avait dit Martha. Il y en avait aussi dans les trois formules de lait proposées en machine automatique, entier, demi-écrémé, zéro pour cent. « Elles ont besoin d'encore plus de calcium que tout le reste du monde, a conclu Martha, parce qu'elles ont besoin d'être plus dures. »

Alors on est revenues à Norfolk. On avait à retrouver les trois fils de famille et les douze jurés. De quoi s'occuper. Mais un flic est venu au matin nous interdire de fréquenter Rosebud et Norfolk comme si notre passage avait été enregistré en noir et blanc sur des bandes vidéo qui apportaient la preuve de notre présence et la jugeant dangereuse nous ordonnaient de disparaître du monde de l'apparence. Parties, nous étions devenues transparentes, nous n'étions inscrites dans aucune mémoire. Nous étions comme des fantômes en colère, nous hantions la scène du drame à la poursuite des vrais coupables. Pour nous apaiser, nous avons pensé qu'il était grand temps d'aller retrouver David à Greenleaves.

36

Je connaissais la route de Greenleaves et je n'avais pas oublié le chemin compliqué qui conduisait au parloir des condamnés à mort, mais, à part Rosebud, j'ignorais tout de cette Amérique des routes et des espaces. Au Kansas, ma meilleure amie m'avait enfermée dans sa maison électronique où je n'avais d'échappée que sur la bâtisse d'en face, en fait une église dont j'avais découvert la destination religieuse un matin de Pâques. J'aurais aimé me déplacer un jour à G. Town, le lendemain dans la banlieue de New York, filer jusqu'à Richmond et au passage visiter Washington. Je souhaitais comme elles être allée jusqu'à Lynchburg pour rencontrer le frère Avraham.

Aller, partir, toujours plus loin, être sans cesse ailleurs. Il y avait dans ma vie une contradiction qui me faisait traverser des continents pour me retrouver plus enfermée que jamais dans mon lieu de séjour. Le plus grand voyage n'étant finalement que celui que je faisais entre l'aéroport et le domicile que l'on m'avait octroyé, où l'on m'oubliait jusqu'à l'heure de la prestation que je m'étais engagée à fournir. Dès que je débarquais, à n'importe quelle heure du jour ou de la nuit, les sens à l'affût, je m'efforçais de me faire une idée du pays et des gens. J'appréciais la température, les odeurs, le vent, la pluie ou la poussière. J'observais les autoroutes asphaltées ou les routes défoncées. Ah ! je n'étais pas quelqu'un à regretter que l'aéroport fût loin de la résidence où l'on allait me retenir le temps d'une conférence.

Martha et Rosario me donnaient la nostalgie du voyage que j'aurais pu faire en leur compagnie. Il m'aurait découvert, dans sa course désespérée, l'Amérique dont je rêvais. J'aurais dû les rencontrer pendant leur tournée vengeresse, je les aurais accompagnées. Assise à l'arrière du 4 × 4, je me serais tenue près d'elles, les coudes posés sur le haut de leurs sièges, les genoux coincés dans l'espace qui les séparait, m'immisçant entre elles, faisant corps avec elles. J'aurais continué à les écouter, le visage braqué sur la route avec ma formidable fringale de tout enregistrer et cette aptitude, acquise par force, à m'emparer de tout, à voir ce que l'on me cachait. Je n'aurais quitté la voiture que pour des haltes dans les stations-service dont je connaissais très bien, par la fréquentation quotidienne de celle de Nags

Head, toutes les ressources. On peut vivre dans une station-service, se laver, manger et dormir. L'odeur de l'essence et de l'huile ne me dérange pas.

J'aurais dormi la nuit en boule sur le siège arrière, je n'aurais pas été effrayée par le visage du flic inspectant l'intérieur de la voiture au petit matin. Dans des paysages inconnus, sur des routes interminables, j'aurais eu la surprise de voir jaillir la dinde sauvage qui, dans un vol maladroit et lourd, s'était écrasée sur le pare-brise de leur voiture. Elle avait défoncé le capot et laissé un creux qu'elles n'avaient jamais fait réparer et qu'elles désignaient comme « l'accident de la dinde ».

J'aurais repéré sur les talus les bêtes que la route rend à la forêt et qui sont la seule approche possible, dans notre monde, de la faune sauvage : un raton laveur écrasé, un crapaud paralysé, des engoulevents aux yeux mouillés. Peut-être à la faveur d'un accident, un grand massacre de biches ou de sangliers, les chairs rouges et noires écrasées et entaillées par le pare-chocs d'un camion. Et puis par une trouée, très vite à travers la futaie, un grand héron gris, droit, dédaigneux, sa longue huppe rejetée en arrière comme une chevelure au vent.

Bien sûr, j'aurais aimé rencontrer Susan, Janet, la mère de Candice, qui appartiennent à cette histoire et que faute de connaître je dois imaginer. Pendant le kidnapping, j'aurais volontiers surveillé le fils de Janet. En le tenant par la main, j'aurais tenu un autre bout de l'histoire de David et je l'aurais racontée autrement. Mais j'avais rencontré Martha et Rosario à la fin de leur aventure, à la fin du voyage, en bout de course. Et elles m'avaient offert ce qui leur restait d'Amérique, trois semaines dans un motel sur une plage bouleversée par l'ouragan, par un été indien humide et étouffant.

— Bon Dieu, dit Rosario, on ne vous a pas emmenée en balade une seule fois.

— On n'est pas loin, dit Martha en interrogeant Rosario du regard, de ce lac où les cygnes viennent passer l'hiver. C'est bientôt, non ?

— Des milliers de cygnes, s'enthousiasma Rosario, dont le plumage blanc décolore la surface du lac et la gèle comme une patinoire. De Norfolk, j'y allais toujours pour Thanksgiving. Des milliers de cygnes qui s'envolent dans un bruit de tempête et font pleuvoir la neige de l'hiver.

Elles me promettaient des cygnes par milliers. Rosario m'avait donné des cochons par millions et Martha des requins par centaines. J'avais eu plus que ma dose avec les mouettes grosses comme des bouledogues et les escadrilles de pélicans qui traversaient la plage. Loin de l'enchantement que j'aurais dû éprouver, je ressentais une espèce de rancœur comme si elles voulaient encore se moquer de moi. Les cochons, j'y avais cru, les requins, j'avais accepté d'y croire, mais les cygnes, je refusais de me laisser séduire comme lorsque l'histoire devient trop belle. On m'avait déjà fait le coup au Québec avec des oies qui, m'avait-on raconté, revenaient au printemps à Cap Tourmente. Ce qu'il m'avait fallu déployer d'énergie pour persuader mes hôtes de me conduire un dimanche matin à Cap Tourmente ! Tout était en place pour le grand spectacle, le parking pour les voitures au bord d'une côte désolée, les prairies où poussaient les rhizomes dont les oies sont friandes, les baraques de souvenirs, le musée de l'oie, la ferme modèle. Tout sauf les oies. Je crois que devant la proposition des cygnes, je me libérai de la déception de l'absence des oies du Cap Tourmente. J'ai fondu en larmes, j'ai dit :

— Les cygnes, je ne les verrai jamais.

Voir les cygnes c'était croire à la libération de David avant Thanksgiving. Je ne croyais pas aux cygnes, je ne croyais pas à la libération de David.

Mon chagrin les a étonnées. Elles m'ont entourée, elles m'ont consolée avec cette sollicitude qu'elles m'avaient déjà montrée lorsque j'avais nagé si loin. Elles m'ont dit :

— Bien sûr que si, vous verrez les cygnes pour Thanksgiving.

Elles m'en faisaient la promesse.

37

L'avant-veille du jour fatidique, alors que Martha et moi revenions de notre équipée quotidienne à la station-service, Rosario nous attendait devant le motel. Elle suivait notre progression le long de la plage, dans le sable où nous nous enfoncions. Son immobilité m'a alertée. Elle se tenait droite, le menton relevé, une figure de proue, avec la détermination glorieuse et forte d'un buste qui a fendu la tempête. Quand j'ai été assez près pour distinguer ses traits, ils me sont apparus reposés et lisses. Elle était belle. Elle a lentement levé sa main et elle a fait le signe de la victoire. La joie éclairait ses yeux. Elle a serré Martha dans ses bras. Martha a crié de bonheur.

L'examen des empreintes était accordé. Heather Heath venait de téléphoner. Tout s'enclenchait selon la procédure mise au point par ses avocats. Le laboratoire, les experts, tout était en ordre de marche. Officiellement, c'était une question de quarante-huit heures, mais l'on saurait bien avant. Dans un premier temps, le médecin légiste constaterait que la mâchoire de David, l'écartement de ses dents ne correspondaient pas aux marques faites sur le corps. Bien sûr, par la suite, il faudrait aussi comparer les empreintes aux mâchoires de Buddy, Harry et Anthony, mais la seconde partie du processus ne demandait pas à être effectuée pour que David soit mis hors de cause. Il se pouvait donc qu'il soit libéré dans les heures à venir. La négociation avec la cour portait encore sur un point : la disculpation de David sans la mise en cause simultanée des garçons. Il fallait s'y attendre !

— On les a eus, commentait Rosario. Les salauds ont quand même fini par lâcher.

Une bonne nouvelle en entraînait une autre. Heather Heath avait reçu l'autorisation de rencontrer David. Elle voulait que Rosario et Martha viennent avec elle. Le rendez-vous était fixé au lendemain. C'est sur place qu'elles apprendraient ensemble le résultat des analyses. Actuellement les avocats travaillaient dare-dare à faire lever l'interdiction de séjour en Virginie des deux femmes.

En remontant dans nos chambres, je me rendais compte que le temps de la fusion était terminé. L'histoire continuerait sans moi, elle se passerait entre Rosario, Martha et la troisième femme qu'elles n'avaient jamais rencontrée mais qu'elles aimaient plus que tout. Vive Heather Heath ! Elle était parvenue à l'impossible. Elle avait dit « je le ferai » et elle l'avait fait. Je ne contestais pas le moins du monde la supériorité éclatante de Heather, je l'en révérais. Je regrettais seulement que l'aventure s'achève sans moi et que je ne sois dans toute cette histoire qu'un de ces débris que la mer rejette et oublie sur la plage. Je n'avais pas prévu que je survivrais à tout cela. Refusant l'exécution, je ne m'étais pas préoccupée d'un après qui m'obligerait sans doute à revenir sur mes pas, à pénétrer à nouveau dans Rosebud, à reprendre ma valise, à retrouver Philip et peut-être le juge Edward. M'expliquer, m'excuser.

Le reste de la journée se passa entre le téléphone et le web dans une grande agitation. Très vite, Rosario et Martha reçurent par avocats interposés une autorisation de visite. Elle était signée du directeur de Greenleaves et du juge Edward.

— Il cane, dit Rosario et ce n'est que le commencement, il canera de plus en plus, il canera jusqu'à la condamnation de ceux qu'il a protégés.

Elle triomphait, sa haine était intacte. Pour le juge Edward, elle ne voulait pas de circonstances atténuantes, et pour les trois criminels elle espérait une condamnation aggravée qui les conduirait à leur tour dans le couloir de la mort. Il fallait battre le fer tant qu'il était chaud. Elle houspillait Martha. Qu'avait-elle besoin d'une valise ? Un simple sac, deux trois bricoles seulement pour ne pas s'encombrer.

Oui, je restais. Je veillerais au grain, je prendrais les coups de fil, je consulterais le web dont le volume de communications s'amplifiait depuis l'annonce de la nouvelle, écrite en lettres capitales et signée Heather Heath. Au fur et à mesure que l'information se répandait sur les fuseaux horaires, de nouvelles langues apparaissaient. Ce n'étaient que félicitations, encouragements, points d'exclamation, hourras et vivats.

Nous étions dans la chambre d'un motel en Caroline du Nord et le monde entier se manifestait par vagues successives. L'affaire n'appartenait plus à Rosebud, à la famille de Candice, au juge Edward. Elle n'était plus celle de David, de Martha et de Rosario, ni même celle de Heather Heath pourtant copyrightée. Elle ne ressemblait plus à celle que j'avais composée avec les morceaux de ce que les uns et les autres m'avaient abandonnés. Désormais elle débordait sur le monde et l'histoire de la condamnation de David se racontait partout. En se répandant à travers l'Amérique, en traversant l'océan, en gagnant l'Europe, l'innocence de David devenait de plus en plus certaine. Les internautes allaient tous dans le sens de l'erreur judiciaire, ils mettaient en cause la justice américaine et la peine de mort. Il y avait bien çà et là quelques insultes mais, d'une certaine façon, elles nous faisaient plaisir parce qu'elles n'étaient que la marque de la défaite des autres.

Je ne pouvais m'empêcher de penser au juge Edward qu'aucun doute n'effleurait et à Philip convaincu de la perversité de David. Ils devaient être au trente-sixième dessous. Comment réagit-on quand on porte une affaire, quand on l'instruit et qu'elle vous échappe ? Quelle remise en question quand on s'y est pris avec rigueur ! Quelle gifle si on y a mis de la malice ! Au fond de moi, je pensais qu'Edward n'accepterait jamais ce dénouement, qu'il en mourrait. J'imaginais sa tombe dans le cimetière des professeurs, mort pour avoir trop aimé Rosebud et avoir voulu préserver la mémoire de Candice.

Rosario m'expliquait le maniement de son ordinateur, la façon de se connecter et d'imprimer les messages. Martha m'indiquait l'endroit où je trouverais les vêtements que je devrais lui rapporter. Elle y mettait un entêtement maniaque qui exaspérait Rosario. Je répondais à l'une devant l'écran de l'ordinateur, tout en m'adressant à l'autre par-dessus mon épaule. L'ordinateur et Rosario disaient des choses follement positives. On était au cœur d'une stratégie efficace, chaque geste devait être précis et calme. Martha, les vêtements dans les placards, les restes de nourriture dans le réfrigérateur, les croûtes de pain, les morceaux de croissants pour les mouettes disaient au mieux un égarement passager. Elle s'était installée dans un mode de vie et elle n'espérait plus en changer. Et puis brusquement, elle devait faire face à un événement terrible et joyeux qu'elle ne comprenait pas. Elle n'aurait pas été plus perturbée si elle avait reçu la confirmation de l'exécution de son fils.

Au milieu des recommandations de Rosario, j'entendais les exclamations de Martha qui cherchait des affaires qu'elle voulait emporter et qu'elle ne retrouvait plus. Il y eut un grand silence qui nous alerta. En nous retournant, nous la vîmes couchée en travers du lit, les bras en croix, le visage dans les draps, le dos secoué de sanglots profonds. Nous regardions monter une peine immense qui venait des entrailles et qui la secouait, toute cette douleur sèche qui lui cassait les os, désarticulait ses membres et labourait son ventre. Elle avait de jolies jambes, blanches, fines, des jambes de jeune fille. Je pensais à la fille qui avait cédé aux avances de Frank Adam et qui n'en finissait pas de le payer.

Quand je les ai accompagnées à leur voiture, j'ai reconnu sur le capot la trace de la dinde et l'étoile qu'elle avait laissée sur le pare-brise. Je leur ai répété que je veillais à tout et que j'attendrais les ordres de Rosario ou de Heather Heath.

— À moins, me dit Rosario, que vous ne téléphoniez à votre amie, la journaliste française... enfin je ne sais pas ce qu'en pense Heather.

Elle mit le contact, la voiture s'ébranla, les pneus crissèrent. En faisant marche arrière, Rosario dérangea la chienne qui se leva à contrecœur. Je les regardais partir, puis s'éloigner sur la route. Je m'approchais de la chienne pour la garder avec moi. Au dîner, au lieu de commander une soupe de poulet je demanderais des saucisses. J'avais remarqué que la chienne les aimait.

38

J'ai commandé des saucisses, j'ai appelé la chienne. Elle est venue et, morceau après morceau, je l'ai obligée à rester près de moi. D'un mouvement lourd, elle s'est couchée à mes pieds. Cela m'a donné une assurance folle. Je n'étais ni empruntée ni mal à l'aise sur le bord de ma chaise mais bien installée, la chienne contre moi. Je faisais durer mon repas pour ne pas la déranger. C'est dans ce bonheur tranquille que j'ai entendu l'information du journal du soir.

J'aurais pu ne pas entendre la nouvelle et d'une certaine façon, je l'ai entendue malgré moi. Le speaker annonçait que, dans l'affaire David Dennis, l'assassin de l'étudiante de Rosebud, l'examen des empreintes qui avait été accordé après une très longue bataille juridique s'avérait impossible. Il donnait la parole à un médecin qui expliquait la façon dont on avait relevé les empreintes. Le journaliste le coupa parce que, disait-il, l'explication était trop technique pour que les téléspectateurs puissent la comprendre. Le médecin a fait la gueule, la caméra a quitté son visage, le speaker a parlé d'autre chose. Quand j'ai repris mes esprits, la dame de la météo chassait sur tout le territoire américain des cumulo-nimbus qui filaient à toute allure, mouillant le Nord, épargnant le Sud. J'ai souhaité qu'un avion s'écrase dans le brouillard.

Dans la chambre de Rosario et de Martha, j'ai traqué la nouvelle toute la nuit, sur tous les écrans, sur toutes les ondes de radio. À minuit, le juge Edward lui-même est apparu à la télévision. Il était comme je l'avais trouvé la première fois, clair, sûr, déterminé. Il rappelait que le dernier des examens accordés à la défense n'innocentait pas l'assassin et qu'il était temps de régler une affaire qu'on avait prolongée pendant dix ans en exploitant tous les recours possibles. Elle avait coûté trop d'argent et de patience au contribuable.

— Il faut que la jeune fille assassinée repose en paix, disait-il avec dignité et gravité, et que sa famille et ses amis puissent entamer leur travail de deuil.

À deux heures du matin, les informations passèrent un extrait de la déclaration du dernier avocat de David qui expliquait que l'examen n'avait pas été possible à cause d'une mauvaise conservation des empreintes. Il demandait une enquête du FBI pour dégradation de preuves. La parole fut alors donnée au procureur Benbow. Il ne disait plus que les empreintes n'innocentaient pas David mais qu'elles l'accusaient. D'une dénégation, on passait à une affirmation.

J'ai appelé en France la journaliste spécialiste des affaires judiciaires qui s'était intéressée à David pour lui demander ce qu'elle pensait de la tournure des choses. Elle m'a répondu, avec un léger décalage où s'imprimait parfois l'écho de nos voix, que pour elle c'était clair :

— David Dennis est coupable. Coupable, coupable, reprenait l'écho.

Je lui ai répondu que ce n'était pas être coupable que de ne pas être innocenté. Elle m'a dit que je jouais sur les mots. J'ai protesté, ce n'était pas moi qui jouais sur les mots mais ceux qui expédiaient ainsi l'affaire !

— Vous savez très bien, m'a-t-elle dit, que ce ne sont pas des mots qui condamnent David Dennis à mort.

Après un silence :

— À tout prendre il vaut mieux le voir mourir coupable qu'innocent.

Je lui ai répondu que ce n'était plus être contre la peine de mort que de penser cela. Il y a eu un silence. Elle m'a dit qu'elle ne pensait pas que militer pour l'innocence de David Dennis c'était encore militer contre la peine de mort. Il y a eu un silence.

— Qui est-on pour juger de l'innocence ou de la culpabilité ?

— Il a toujours dit qu'il était innocent !

— Qu'est-ce que ça prouve ?

Elle m'a raconté qu'elle était allée interviewer un présumé tueur sur lequel pesaient de graves soupçons. Elle lui aurait donné le bon Dieu sans confession. Quelques jours plus tard, libéré faute de preuves, il violait et tuait à nouveau, signant du même coup douze précédents meurtres. J'ai gardé le silence. Elle m'a demandé :

— Alors, vous allez y aller ? aller, aller, aller, a répété l'écho.

La journaliste reprenait le fond du discours de la grande gardienne noire aux ongles dorés qui, en me raccompagnant, m'avait questionnée sur ma présence à Greenleaves. Elle voulait savoir si je faisais partie de la justice ou de la politique ou si j'étais quelqu'un de la famille. Je lui avais répondu que j'étais seulement de passage mais avec un air si troublé qu'elle avait voulu me mettre en garde. Les condamnés étaient très attachants mais il ne fallait pas les écouter car ils étaient aussi très intelligents.

— Voulez-vous dire qu'ils réussissent à embobiner leurs propres gardiens ?

— Ça, c'est sûr ! Il faut établir le moins de contact possible, juste le règlement.

— Vous vous attachez donc ? lui avais-je demandé, découvrant un autre risque du métier, s'attacher, comprendre, innocenter, devenir amie, tomber amoureuse.

Elle me racontait qu'il était terrible de découvrir le matin la cellule vide, cette cellule qui avait été habitée avec tant de présence pendant tant d'années par un individu dont on avait oublié le crime mais dont on connaissait tous les détails du dernier combat. La veille de l'exécution, les gardiens attitrés étaient écartés du condamné. Mais la cellule vide, bien que tout fût programmé à la minute près et que chacun connût très exactement le détail de la feuille de route, c'était un choc. Elle ne s'y faisait pas. Elle m'avait répété son credo : les prendre tous pour ce qu'ils sont, des escrocs, des manipulateurs, des menteurs, des affabulateurs. Se tenir sur ses gardes et pas seulement physiquement, ne les écouter que d'une oreille, prendre leur comédie à la légère. Ne pas penser pour autant à leurs victimes, ça non ! Se laisser pousser les ongles jusqu'à en faire ces pétales ondulés, les peindre en doré. Et, me rendant mon sac :

— Allez, filez vite, oubliez-le, il n'en a pas pour longtemps et vous n'êtes pas encore attachée.

Attachée, attachée, attachée, le mot faisait un

drôle d'écho dans ma mémoire. Il m'avait fait brusquement monter les larmes aux yeux.

Les stations de radio, les chaînes de télévision ressassaient l'affaire David Dennis. Elles reprenaient l'histoire depuis le début. Une chaîne passa un document d'époque, David Dennis clamant son innocence. Des policiers l'entraînaient en le tirant par ses chaînes vers le fourgon cellulaire. Il s'était tourné vers les caméras et avec un visage que je ne connaissais pas, déformé par la colère, il criait d'une affreuse voix de gorge. Je revoyais à Greenleaves son visage calme et son beau sourire. Ses mains un peu gonflées et les chapelets qui couvraient ses avant-bras. La radio passait un flash toutes les demi-heures sur l'imminence de l'exécution. Cette répétition forcenée, toute la nuit, usait le temps, le dévorait, l'accélérait.

De son côté, le web était submergé par des vagues d'opinions contradictoires. Certains exigeaient que l'affaire soit éclaircie par le FBI et que l'exécution soit suspendue, d'autres, pressées d'en finir, disaient qu'on avait déjà trop attendu. Des gens se levaient la nuit pour taper sur leur ordinateur leur impatience de voir finir la vie d'un homme. Le web se transforma bientôt en une sorte de registre de condoléances où les internautes signaient les uns après les autres leurs regrets éternels. Dans la matinée parut le message d'Avraham, de « A comme Abolition ».

Dans l'attente de la réponse du gouverneur à la dernière requête possible, la demande de grâce, il conviait les membres de l'association à une veillée de prière devant le palais de justice de Norfolk. C'est à ce moment que j'ai décidé que j'irais.

39

Quand l'autorisation de rendre visite à David Dennis m'était parvenue, je me baladais dans Rosebud. Ce jour-là, je ne m'étais pas demandé en me levant comment je devais m'habiller pour rendre visite à un condamné à mort. J'y étais allée comme j'étais, vêtue pour une journée très chaude. Dans la perspective d'un déjeuner sur la plage, je portais des sandales et un maillot de bain.

À Nags Head, cela faisait près de trois semaines que j'exhibais la même chemise et le même pantalon sur le même maillot Nike avec sa virgule blanche. Je les lavais tous les soirs, les mettant à sécher devant le climatiseur que je poussais à fond au risque de glacer ma chambre et je les finissais au sèche-cheveux. On a besoin de très peu de vêtements à condition d'être d'une propreté scrupuleuse. J'avais tout le temps de m'y consacrer entre deux séries télévisées et le feuilleton quotidien de la doctoresse Lester et de Bingo. Dernier épisode : Bingo veut un pull vert. Mais là, j'étais débordée, mes vieux vêtements de Rosebud avaient tenu toute la journée et toute la nuit. Ils étaient fripés. Je regardai dans l'armoire de Martha si je trouvais quelque chose à me mettre. J'éliminais les robes claires. J'hésitais entre un ensemble que je trouvais trop habillé, et une robe de coton gris sans manches, une sorte de sarrau d'écolière d'un aspect plus négligé. Il y avait aussi une robe noire dans une housse qui venait du pressing. Je les ai étalés sur le lit, me disant que je choisirais après la douche.

Je suis passée dans la salle de bains en mettant la télévision à fond pour l'entendre sous la douche. La dame qui pourchassait les cumulonimbus assurait à tue-tête que l'anticyclone protégeait toute la Virginie. Dans la glace, je ne me suis pas reconnue. J'étais d'une couleur terreuse qui disait ma nuit et l'appréhension de la journée qui venait. Il restait sur le bord du lavabo un tube de fond de teint. Je l'ai étalé sur mes joues pour leur donner un peu de couleur. J'ai mis aussi du blush. Tant qu'à faire, je me suis maquillé le bord des cils au crayon noir. J'ai estompé le crayon sur la paupière. J'ai choisi la robe noire. En enfilant mes sandales, j'ai remarqué qu'une bride ne tenait que par un fil mais je n'avais pas la même pointure que Martha.

Quand j'ai réglé ma note au motel, le portier regardait la télévision. Le speaker annonçait que le condamné avait fait appel. La balle était dans le camp du gouverneur. La caméra montra le palais de justice de Norfolk, les colonnes doriques, la façade de briques rouges, comme si tout le monument vivait une intense crise de conscience et que le sort de David se jouait à cette minute. La chienne a levé les yeux vers moi, elle avait la tête ruinée, marquée, creusée et blanchie des très vieux boxers, une tête de mort. Le portier m'a donné mon reçu et je suis partie en courant vers la station-service.

J'ai heurté une pierre, mon pied a glissé et la bride a craqué. J'ai enlevé la sandale et j'ai continué à courir en claudiquant. Le type de la station-service m'a aidée, il est allé chercher un clou et un marteau. Le clou était trop grand, il sortait de ma semelle. Il l'a coupé avec des tenailles. Il restait une pointe dont il n'arrivait pas à bout. J'ai dit que je l'émousserais avec un caillou. Cela m'a occupée tout le temps que le type trouve une automobile qui veuille bien me conduire à Norfolk.

Je suis tombée sur un couple de Noirs qui ont exprimé leur satisfaction de véhiculer une étrangère, une Française, une dame si convenable. Ils m'ont expliqué qu'avec une troisième personne dans leur voiture ils pouvaient emprunter la file de gauche de l'autoroute et ainsi gagner un peu de temps. Ils ont pris mon étonnement devant la minutie des lois pour de l'admiration et m'ont parlé de leur bonheur de vivre en Amérique et particulièrement en Virginie. Je rencontrais de vrais Américains, fiers et patriotes.

Leur fils était entré au Virginia Military Institute, c'était un bon garçon, un élève merveilleux qui était passé par Stone. Ils m'expliquèrent que Stone était ce que l'on faisait de mieux pour la préparation à l'école de guerre.

— Vous avez entendu parler de Yale ? me demandèrent-ils. Eh bien ! Stone, c'est la même chose pour le Sud.

J'ai pensé que le jury de David Dennis avait été composé de gens comme cela, droits, honnêtes. Ils évoquèrent l'exécution du soir. Ils étaient pour.

— Pas pour que le sang soit répandu, le Seigneur l'interdit, précisa la dame, mais il faut que la faute soit réparée.

— Et l'honneur de la Virginie ! dit le monsieur. Est-ce qu'on cherche à fuir, madame, quand on est innocent ? Est-ce qu'il est innocent cet homme qui s'enfuit la nuit du crime et qui va se cacher dans un autre État ? Cet homme qui s'est fait passer pour un étudiant de Stone ! Quand on sait comme il est difficile d'entrer à Stone, la sélection qu'il y a, les recommandations qu'il faut. Est-ce qu'il est honnête, madame, de prendre la place des autres, d'usurper un titre si l'on ne cherche pas à nuire ? Cet homme qui viole une vraie jeune fille, madame, une mineure qui n'a pas dix-huit ans. Est-ce qu'il est honnête, madame, qu'un homme qui a été marié, à ce qu'on dit, fréquente une jeune fille qui vient à peine de sortir de sa famille, qui ne sait rien de la vie. Sans compter ce qu'il lui a fait, madame, il l'a torturée à ce qu'on dit.

Il est resté dix ans dans le couloir de la mort. Eh bien ! madame, je vous le dis, c'est dix ans de trop. Il a fallu passer par toutes les procédures. D'accord, c'est la loi, c'est la même pour tout le monde. Mais c'est la Virginie qui paie. C'est ma femme, c'est moi, c'est mon fils qui est dans l'armée, c'est nous qui payons. Je vais vous le dire, quand le crime est signé comme cela, on devrait les tuer tout de suite. Exécution à la sortie du tribunal. À quoi ça lui sert d'avoir traîné dix ans dans sa prison pour terminer pareil ?

— Ce qui est triste, dit la dame, c'est qu'on va parler de la Virginie pour cette mauvaise affaire, pas pour les honnêtes gens, pas pour la douceur d'y vivre. Cette année, on n'a pas de chance, il y a eu l'ouragan et puis ce sale type. Il ne faudra pas vous souvenir de ça, n'est-ce pas, madame ?

La pointe du clou m'avait blessée, mon pied saignait, j'ai laissé un peu de sang sur la moquette de leur voiture.

40

Devant le tribunal de Norfolk, une vingtaine de membres de l'association d'Avraham manifestaient. Le verdict venait de tomber. Le gouverneur n'accordait pas la grâce. J'allais de catastrophe en catastrophe sans plus d'émotion. Je n'avais pas espéré la grâce du gouverneur, je n'avais pas espéré non plus que l'examen des empreintes fût autorisé ni qu'il débouchât sur quoi que ce soit. L'espoir avait toujours été dans l'autre camp. Moi, je suivais la logique implacable d'une affaire qui était mal engagée depuis le début sans que rien pût intervenir pour en changer le cours. L'épisode Heather Heath n'avait été qu'un aimable interlude qui nous avait un temps distraites de notre angoisse et donné l'illusion de pouvoir faire quelque chose.

J'entrai donc dans une des voitures qui partaient pour Greenleaves avec trois militants, des habitués qui portaient le tee-shirt « A comme Abolition ». Ils se chargeaient de m'initier. Bien qu'il fît déjà sombre, le conducteur n'hésitait pas sur la route. La passagère à sa droite me demanda si j'avais eu la précaution de me passer de la crème antimoustique. Elle me dit qu'elle me donnerait son spray car les moustiques étaient voraces aux alentours de Greenleaves. On se taisait. La passagère avant entonna un chant religieux et toute la voiturée suivit. Il était question du passage de la mer Rouge et de la force de Dieu pour écarter les vagues. Un chant rassurant plein de confiance dans la justice divine. Au fond ils avaient raison, au point où l'on en était on n'avait plus qu'à s'en remettre à Dieu.

Greenleaves m'apparut dans la nuit comme un grand vaisseau spatial de forme hexagonale qui aurait atterri dans un paysage lunaire, un objet de science-fiction incongru et irréel dans un espace rasé où n'avaient survécu que les moustiques. La centrale brillait de tous ses feux comme une soucoupe volante retenue par les faisceaux de lumière des miradors qui se croisaient dans le ciel et balayaient le sol. Ce n'était plus une prison, mais un départ pour le cosmos. Des policiers faisaient la circulation. Ils nous arrêtèrent et nous firent garer loin de la prison dans un parking organisé pour la circonstance. Après avoir montré leur sauf-conduit, seules les voitures des officiels et des invités étaient autorisées à pénétrer à l'intérieur.

Depuis le bord de la route, le cœur serré, je voyais passer le tout-Rosebud. Le président de l'université et Philip ne me jetèrent pas un regard. Dans une autre voiture suivaient le juge Edward, à ses côtés un homme que je n'identifiais pas et à l'arrière une femme que je reconnus de toute ma mémoire. C'était la femme discordante qui m'avait accueillie lors de la soirée des Edward et que j'avais d'abord prise pour la femme du juge avant qu'elle ne m'entretienne de la semaine du cinéma français de Richmond. Provocante la façon dont elle m'avait abordée en essayant son français, criarde la couleur de sa robe bleue, agressive la broche de pâte de verre qu'elle portait sur l'épaule comme une « épreuve d'artiste ». Je ne l'avais pas vue et elle était parfaitement visible au milieu des autres, comme éclairée, soulignée, désignée. Je n'aurais jamais dû me tromper sur son identité. Tout son être le criait, elle était la mère de la jeune fille assassinée.

Elle était venue vers moi avec la certitude d'être, pour l'étrangère à peine débarquée que j'étais, une inconnue. Elle avait joui quelques minutes de ne pas être la mère violentée de Candice. Elle avait joué à être normale, elle avait retrouvé les automatismes d'une sociabilité qu'elle ne pouvait plus exercer dans son entourage. Elle m'avait alors paru très artificielle mais je pensais qu'elle devait ce manque de naturel à l'expression d'un français qu'elle s'efforçait de parler vite, en jetant des expressions toutes faites. Elle avait évoqué l'émotion que devait éprouver un écrivain à voir s'incarner ses personnages.

Seule en face de moi, elle se croyait à l'abri de ce que je ne savais pas. Si ce n'est qu'avec cette histoire de femme qui s'habille et se maquille pour assister à une exécution, j'étais pour elle la personne la plus dangereuse de la soirée. Quand elle m'avait demandé le sujet de mon prochain livre, j'avais commencé à lui dire que ce n'était pas encore une histoire, plutôt un personnage. Et c'est sûr, *j'allais le lui dire,* quand sa garde rapprochée, celle qui la protégeait du monde, de la violence, du chagrin et du souvenir, celle qui avait tout fait pour que le procès fût digne, que Candy n'y fût pas salie, sa garde d'amis, de professeurs, d'hommes de loi, d'avocats, le juge en tête, s'était reformée autour d'elle et nous avait séparées. Le juge Edward m'avait repoussée plus loin, vers la cuisine, où toute à mon obsession, je lui avais décrit la femme qui se maquille en ajoutant sur ses paupières le bleu de la robe criarde que je venais de quitter.

— Ce sont les parents et le juge, dit mon initiatrice, cela ne va pas tarder.

Elle fouilla dans le coffre et me tendit le spray.

— Mettez-en partout, sur les bras, les jambes, les pieds, le cou, même sur les vêtements.

Elle me fixait avec sa lampe torche tout le temps où je m'enduisais du liquide huileux.

— Vous saignez !

Mon pied saignait toujours mais je ne m'en rendais pas compte. Elle prit des sacs de plastique pleins de bougies et on se dirigea vers la première clôture.

Près de la porte d'entrée que j'avais franchie sans problème avec Philip, un nouveau barrage de policiers empêchait les manifestants d'avancer. Les premiers arrivés avaient posé sur le sol des bougies allumées et les petites flammes vacillantes étaient avalées par la lumière blanche des miradors. Elle grésillait dans la nuit et étincelait d'un éclat métallique sur les toits d'aluminium de la prison.

— Vous verrez, me dit mon initiatrice, comme elles sont belles quand tout s'éteint, nos petites bougies, elles gardent la mémoire. Nous gardons la mémoire, continua-t-elle en se mettant à genoux.

Elle priait les bras en croix, les paumes relevées vers le ciel. Autour d'elle, il n'y avait que des femmes. J'aurais cherché en vain dans le lot la femme au visage doux et aux yeux trop maquillés de mon livre, je l'avais perdue entre toutes ces femmes. Je voyais des jeunes filles plongées dans le recueillement, et des femmes plus âgées, les traits durcis, les bras croisés sur la poitrine. Elles n'étaient qu'une seule et même femme qui priait, se lamentait et gémissait. De l'autre côté de la route, les policiers contenaient des manifestants qui réclamaient la peine de mort, les Frères du Sépulcre, des hommes en aube blanche avec une croix noire sur la poitrine. Ils étaient sinistres comme des prêtres venus du fond des temps, des assistants de bûchers. Ils priaient à haute voix dans un grondement sourd, le visage caché par un masque oblong sous une coiffure conique, pour la réparation des péchés du criminel.

Toutes les prières montaient vers Greenleaves mélangées et contradictoires, implorantes ou vindicatives, expiatrices ou propitiatoires. Toutes suppliaient le Seigneur, le Sauveur, le Maître. Tous étaient d'accord, la grande affaire ce n'était pas la mort mais la vie après la mort. Ils avaient franchi une limite mystérieuse qui ouvrait sur l'infini. C'était une certitude que je ne partageais pas. Je me demandais ce qu'avaient en commun la vie éternelle qu'accordait le juge Edward, celle que Martha offrait à bout de tout à son fils ou celle qu'imaginait la mère de Candice pour le meurtrier de sa fille.

Je suppose qu'elle n'espérait pas que David rejoigne là-bas sa fille dans une grande surprise-partie joyeuse et réparatrice. La mère de Candice croyait qu'au-delà de la mort il y aurait aussi pour David Dennis la mort éternelle, mais cette fois prononcée par Dieu en personne et pour les siècles des siècles. Le juge imaginait pour son condamné un nouveau couloir de la mort appelé purgatoire dont il ne verrait jamais le bout et Martha un grand paradis qu'elle décorait comme une chambre d'enfant.

Sous le même mot, tous ces gens n'espéraient pas la même chose. Et moi, devant si peu, devant si flou, je plaidais de toute la force de ma propre prière, droite, raide, les bras le long du corps, pour la vie simple même réduite à ce qu'elle était, trois fois rien, derrière les barreaux. Ô Seigneur, qu'on sache d'abord où on l'envoie avant de lui faire l'injection mortelle. Que l'on demande quelques précisions sur l'au-delà, que l'on se renseigne enfin ! Que l'on se mette tous d'accord sur la vie éternelle.

41

Les projecteurs et les caméras des télévisions étaient braqués sur la porte principale. Heather Heath est sortie la première. Les journalistes se sont rués sur elle. Son visage violemment éclairé, bleu, blanc, était défait. De la main, elle a calmé les cris. Sortant une feuille de sa poche, elle a lu : « David Dennis est mort avec courage. Il a refusé la prémédication. Il est allé dans la chambre d'exécution avec Avraham. Pendant qu'on l'attachait, ils ont prié ensemble. Avant l'injection, il s'est tourné vers sa mère. Il lui a dit qu'il était innocent et il a fermé les yeux. »

Elle a replié lentement le papier. Relevant le visage, affrontant les caméras, elle a ajouté : « L'État de Virginie vient de tuer un innocent dont le seul crime est de ne pas être du Sud, de ne pas avoir eu d'argent pour assurer sa défense et de n'avoir jamais voulu passer de compromis sur la question de son innocence. L'État de Virginie devra rendre des comptes. La mort de

David Dennis ne termine pas l'affaire. Elle la commence. »

L'attention des manifestants et des caméras a été happée par la sortie de l'ambulance qui, sirènes bloquées, transportait déjà le corps vers l'institut médico-légal de Richmond. L'émotion a submergé la foule. Les femmes ont jeté des fleurs. Beaucoup pleuraient, d'autres priaient les yeux clos, genoux à terre, la petite bougie entre les doigts. Dans le sillage de l'ambulance, j'ai reconnu Rosario et Martha à l'intérieur d'une voiture de police. Rosario enlaçait Martha et lui caressait la joue. Le gyrophare éclairait si tragiquement le visage de Martha qu'on aurait dit que Rosario tenait entre ses mains une tête coupée.

Les lumières du bloc principal se sont éteintes. La prison tout entière a été secouée par un bruit de fer, de chaînes et de grilles. Les prisonniers criaient une sorte d'adieu. J'ai pensé aux chapelets de David Dennis, qui passaient de main en main. Une à une, les voitures des officiels ont quitté le parking principal. La prison est restée silencieuse et vide jusqu'à ce qu'à leur tour les miradors s'éteignent et qu'un semblant d'aube renaisse.

Je me suis retrouvée seule. On m'avait oubliée. Je me rappelais ma nage en mer, il suffisait d'aller droit devant soi, d'y mettre le temps, de ne pas avoir peur. Je me suis débarrassée de mes chaussures et je suis partie pieds nus.

Une voiture de police m'a suivie puis dépassée pour me barrer la route. Les flics m'ont demandé d'où je venais, j'ai fait un geste pour désigner la prison. Ils m'ont demandé mon nom. Là, sur le moment, je ne le savais plus.

DU MÊME AUTEUR

Aux Éditions Gallimard

OUREGANO, *roman* (« Folio », *n° 1623*). Prix Valery-Larbaud 1980.

PROPRIÉTÉ PRIVÉE, *roman* (« Folio », *n° 2115*).

BALTA, *roman* (« Folio », *n° 1783*).

UN MONDE À L'USAGE DES DEMOISELLES, *essai* . Prix de l'Essai de l'Académie française 1987 (« Folio », *n° 3807*).

WHITE SPIRIT, *roman* (« Folio », *n° 2364*). Prix François-Mauriac 1989 — prix Lutèce 1990 — prix du Sud-Jean Baumel 1990 et Grand Prix du Roman de l'Académie française 1990.

LE GRAND GHÂPAL, *roman* (« Folio », *n° 2520*).

LA FILLE DU GOBERNATOR, *roman* (« Folio », *n° 2864*).

CONFIDENCE POUR CONFIDENCE, Prix Goncourt 1998 (« Folio », *n° 3349*).

SUCRE ET SECRET, *roman* (« Folio », *n° 4090*).

COLLECTION FOLIO

Dernières parutions

3676. Jeanne Benameur	*Les Demeurées.*
3677. Patrick Chamoiseau	*Écrire en pays dominé.*
3678. Erri De Luca	*Trois chevaux.*
3679. Timothy Findley	*Pilgrim.*
3680. Christian Garcin	*Le vol du pigeon voyageur.*
3681. William Golding	*Trilogie maritime, 1. Rites de passage.*
3682. William Golding	*Trilogie maritime, 2. Coup de semonce.*
3683. William Golding	*Trilogie maritime, 3. La cuirasse de feu.*
3684. Jean-Noël Pancrazi	*Renée Camps.*
3686. Jean-Jacques Schuhl	*Ingrid Caven.*
3687. *Positif,* revue de cinéma	*Alain Resnais.*
3688. Collectif	*L'amour du cinéma. 50 ans de la revue* Positif.
3689. Alexandre Dumas	*Pauline.*
3690. Le Tasse	*Jérusalem libérée.*
3691. Roberto Calasso	*La ruine de Kasch.*
3692. Karen Blixen	*L'éternelle histoire.*
3693. Julio Cortázar	*L'homme à l'affût.*
3694. Roald Dahl	*L'invité.*
3695. Jack Kerouac	*Le vagabond américain en voie de disparition.*
3696. Lao-tseu	*Tao-tö king.*
3697. Pierre Magnan	*L'arbre.*
3698. Marquis de Sade	*Ernestine. Nouvelle suédoise.*
3699. Michel Tournier	*Lieux dits.*
3700. Paul Verlaine	*Chansons pour elle* et autres poèmes érotiques.
3701. Collectif	*« Ma chère maman… »*
3702. Junichirô Tanizaki	*Journal d'un vieux fou.*
3703. Théophile Gautier	*Le capitaine Fracassse.*
3704. Alfred Jarry	*Ubu roi.*

3705. Guy de Maupassant — *Mont-Oriol.*
3706. Voltaire — *Micromégas. L'Ingénu.*
3707. Émile Zola — *Nana.*
3708. Émile Zola — *Le Ventre de Paris.*
3709. Pierre Assouline — *Double vie.*
3710. Alessandro Baricco — *Océan mer.*
3711. Jonathan Coe — *Les Nains de la Mort.*
3712. Annie Ernaux — *Se perdre.*
3713. Marie Ferranti — *La fuite aux Agriates.*
3714. Norman Mailer — *Le Combat du siècle.*
3715. Michel Mohrt — *Tombeau de La Rouërie.*
3716. Pierre Pelot — *Avant la fin du ciel.*
3718. Zoé Valdès — *Le pied de mon père.*
3719. Jules Verne — *Le beau Danube jaune.*
3720. Pierre Moinot — *Le matin vient et aussi la nuit.*
3721. Emmanuel Moses — *Valse noire.*
3722. Maupassant — *Les Sœurs Rondoli* et autres nouvelles.
3723. Martin Amis — *Money, money.*
3724. Gérard de Cortanze — *Une chambre à Turin.*
3725. Catherine Cusset — *La haine de la famille.*
3726. Pierre Drachline — *Une enfance à perpétuité.*
3727. Jean-Paul Kauffmann — *La Lutte avec l'Ange.*
3728. Ian McEwan — *Amsterdam.*
3729. Patrick Poivre d'Arvor — *L'Irrésolu.*
3730. Jorge Semprun — *Le mort qu'il faut.*
3731. Gilbert Sinoué — *Des jours et des nuits.*
3732. Olivier Todd — *André Malraux. Une vie.*
3733. Christophe de Ponfilly — *Massoud l'Afghan.*
3734. Thomas Gunzig — *Mort d'un parfait bilingue.*
3735. Émile Zola — *Paris.*
3736. Félicien Marceau — *Capri petite île.*
3737. Jérôme Garcin — *C'était tous les jours tempête.*
3738. Pascale Kramer — *Les Vivants.*
3739. Jacques Lacarrière — *Au cœur des mythologies.*
3740. Camille Laurens — *Dans ces bras-là.*
3741. Camille Laurens — *Index.*
3742. Hugo Marsan — *Place du Bonheur.*
3743. Joseph Conrad — *Jeunesse.*
3744. Nathalie Rheims — *Lettre d'une amoureuse morte.*
3745. Bernard Schlink — *Amours en fuite.*

3746. Lao She — *La cage entrebâillée.*
3747. Philippe Sollers — *La Divine Comédie.*
3748. François Nourissier — *Le musée de l'Homme.*
3749. Norman Spinrad — *Les miroirs de l'esprit.*
3750. Collodi — *Les Aventures de Pinocchio.*
3751. Joanne Harris — *Vin de bohème.*
3752. Kenzaburô Ôé — *Gibier d'élevage.*
3753. Rudyard Kipling — *La marque de la Bête.*
3754. Michel Déon — *Une affiche bleue et blanche.*
3755. Hervé Guibert — *La chair fraîche.*
3756. Philippe Sollers — *Liberté du* XVIIIème.
3757. Guillaume Apollinaire — *Les Exploits d'un jeune don Juan.*
3758. William Faulkner — *Une rose pour Emily* et autres nouvelles.
3759. Romain Gary — *Une page d'histoire.*
3760. Mario Vargas Llosa — *Les chiots.*
3761. Philippe Delerm — *Le Portique.*
3762. Anita Desai — *Le jeûne et le festin.*
3763. Gilles Leroy — *Soleil noir.*
3764. Antonia Logue — *Double cœur.*
3765. Yukio Mishima — *La musique.*
3766. Patrick Modiano — *La Petite Bijou.*
3767. Pascal Quignard — *La leçon de musique.*
3768. Jean-Marie Rouart — *Une jeunesse à l'ombre de la lumière.*
3769. Jean Rouaud — *La désincarnation.*
3770. Anne Wiazemsky — *Aux quatre coins du monde.*
3771. Lajos Zilahy — *Le siècle écarlate. Les Dukay.*
3772. Patrick McGrath — *Spider.*
3773. Henry James — *Le Banc de la désolation.*
3774. Katherine Mansfield — *La Garden-Party* et autres nouvelles.
3775. Denis Diderot — *Supplément au Voyage de Bougainville.*
3776. Pierre Hebey — *Les passions modérées.*
3777. Ian McEwan — *L'Innocent.*
3778. Thomas Sanchez — *Le Jour des Abeilles.*
3779. Federico Zeri — *J'avoue m'être trompé. Fragments d'une autobiographie.*
3780. François Nourissier — *Bratislava.*

3781. François Nourissier — *Roman volé.*
3782. Simone de Saint-Exupéry — *Cinq enfants dans un parc.*
3783. Richard Wright — *Une faim d'égalité.*
3784. Philippe Claudel — *J'abandonne.*
3785. Collectif — *« Leurs yeux se rencontrèrent... ». Les plus belles premières rencontres de la littérature.*
3786. Serge Brussolo — *Trajets et itinéraires de l'oubli.*
3787. James M. Cain — *Faux en écritures.*
3788. Albert Camus — *Jonas ou l'artiste au travail* suivi de *La pierre qui pousse.*
3789. Witold Gombrovicz — *Le festin chez la comtesse Fritouille* et autres nouvelles.
3790. Ernest Hemingway — *L'étrange contrée.*
3791. E. T. A Hoffmann — *Le Vase d'or.*
3792. J. M. G. Le Clezio — *Peuple du ciel* suivi de *Les Bergers.*
3793. Michel de Montaigne — *De la vanité.*
3794 Luigi Pirandello — *Première nuit et autres nouvelles.*
3795. Laure Adler — *À ce soir.*
3796. Martin Amis — *Réussir.*
3797. Martin Amis — *Poupées crevées.*
3798. Pierre Autin-Grenier — *Je ne suis pas un héros.*
3799. Marie Darrieussecq — *Bref séjour chez les vivants.*
3800. Benoît Duteurtre — *Tout doit disparaître.*
3801. Carl Friedman — *Mon père couleur de nuit.*
3802. Witold Gombrowicz — *Souvenirs de Pologne.*
3803. Michel Mohrt — *Les Nomades.*
3804. Louis Nucéra — *Les Contes du Lapin Agile.*
3805. Shan Sa — *La joueuse de go.*
3806. Philippe Sollers — *Éloge de l'infini.*
3807. Paule Constant — *Un monde à l'usage des Demoiselles.*
3808. Honoré de Balzac — *Un début dans la vie.*
3809. Christian Bobin — *Ressusciter.*
3810. Christian Bobin — *La lumière du monde.*
3811. Pierre Bordage — *L'Évangile du Serpent.*
3812. Raphaël Confiant — *Brin d'amour.*
3813. Guy Goffette — *Un été autour du cou.*
3814. Mary Gordon — *La petite mort.*
3815. Angela Huth — *Folle passion.*

3816. Régis Jauffret *Promenade.*
3817. Jean d'Ormesson *Voyez comme on danse.*
3818. Marina Picasso *Grand-père.*
3819. Alix de Saint-André *Papa est au Panthéon.*
3820. Urs Widmer *L'homme que ma mère a aimé.*
3821. George Eliot *Le Moulin sur la Floss.*
3822. Jérôme Garcin *Perspectives cavalières.*
3823. Frédéric Beigbeder *Dernier inventaire avant liquidation.*
3824. Hector Bianciotti *Une passion en toutes Lettres.*
3825. Maxim Biller *24 heures dans la vie de Mordechaï Wind.*
3826. Philippe Delerm *La cinquième saison.*
3827. Hervé Guibert *Le mausolée des amants.*
3828. Jhumpa Lahiri *L'interprète des maladies.*
3829. Albert Memmi *Portrait d'un Juif.*
3830. Arto Paasilinna *La douce empoisonneuse.*
3831. Pierre Pelot *Ceux qui parlent au bord de la pierre (Sous le vent du monde, V).*
3832. W.G Sebald *Les émigrants.*
3833. W.G Sebald *Les Anneaux de Saturne.*
3834. Junichirô Tanizaki *La clef.*
3835. Cardinal de Retz *Mémoires.*
3836. Driss Chraïbi *Le Monde à côté.*
3837. Maryse Condé *La Belle Créole.*
3838. Michel del Castillo *Les étoiles froides.*
3839. Aïssa Lached-Boukachache *Plaidoyer pour les justes.*
3840. Orhan Pamuk *Mon nom est Rouge.*
3841. Edwy Plenel *Secrets de jeunesse.*
3842. W. G. Sebald *Vertiges.*
3843. Lucienne Sinzelle *Mon Malagar.*
3844. Zadie Smith *Sourires de loup.*
3845. Philippe Sollers *Mystérieux Mozart.*
3846. Julie Wolkenstein *Colloque sentimental.*
3847. Anton Tchékhov *La Steppe. Salle 6. L'Évêque.*
3848. Alessandro Baricco *Châteaux de la colère.*
3849. Pietro Citati *Portraits de femmes.*
3850. Collectif *Les Nouveaux Puritains.*

3851. Maurice G. Dantec — *Laboratoire de catastrophe générale.*
3852. Bo Fowler — *Scepticisme & Cie.*
3853. Ernest Hemingway — *Le jardin d'Éden.*
3854. Philippe Labro — *Je connais gens de toutes sortes.*
3855. Jean-Marie Laclavetine — *Le pouvoir des fleurs.*
3856. Adrian C. Louis — *Indiens de tout poil et autres créatures.*
3857. Henri Pourrat — *Le Trésor des contes.*
3858. Lao She — *L'enfant du Nouvel An.*
3859. Montesquieu — *Lettres Persanes.*
3860. André Beucler — *Gueule d'Amour.*
3861. Pierre Bordage — *L'Évangile du Serpent.*
3862. Edgar Allan Poe — *Aventure sans pareille d'un certain Hans Pfaal.*
3863. Georges Simenon — *L'énigme de la* Marie-Galante.
3864. Collectif — *Il pleut des étoiles…*
3865. Martin Amis — *L'état de L'Angleterre.*
3866. Larry Brown — *92 jours.*
3867. Shûsaku Endô — *Le dernier souper.*
3868. Cesare Pavese — *Terre d'exil.*
3869. Bernhard Schlink — *La circoncision.*
3870. Voltaire — *Traité sur la Tolérance.*
3871. Isaac B. Singer — *La destruction de Kreshev.*
3872. L'Arioste — *Roland furieux I.*
3873. L'Arioste — *Roland furieux II.*
3874. Tonino Benacquista — *Quelqu'un d'autre.*
3875. Joseph Connolly — *Drôle de bazar.*
3876. William Faulkner — *Le docteur Martino.*
3877. Luc Lang — *Les Indiens.*
3878. Ian McEwan — *Un bonheur de rencontre.*
3879. Pier Paolo Pasolini — *Actes impurs.*
3880. Patrice Robin — *Les muscles.*
3881. José Miguel Roig — *Souviens-toi, Schopenhauer.*
3882. José Sarney — *Saraminda.*
3883. Gilbert Sinoué — *À mon fils à l'aube du troisième millénaire.*
3884. Hitonari Tsuji — *La lumière du détroit.*
3885. Maupassant — *Le Père Milon.*
3886. Alexandre Jardin — *Mademoiselle Liberté.*
3887. Daniel Prévost — *Coco belles-nattes.*

3888.	François Bott	*Radiguet. L'enfant avec une canne.*
3889.	Voltaire	*Candide ou l'Optimisme.*
3890.	Robert L. Stevenson	*L'Étrange Cas du docteur Jekyll et de M. Hyde.*
3891.	Daniel Boulanger	*Talbard.*
3892.	Carlos Fuentes	*Les années avec Laura Díaz.*
3894.	André Dhôtel	*Idylles.*
3895.	André Dhôtel	*L'azur.*
3896.	Ponfilly	*Scoops.*
3897.	Tchinguiz Aïtmatov	*Djamilia.*
3898.	Julian Barnes	*Dix ans après.*
3899.	Michel Braudeau	*L'interprétation des singes.*
3900.	Catherine Cusset	*À vous.*
3901.	Benoît Duteurtre	*Le voyage en France.*
3902.	Annie Ernaux	*L'occupation.*
3903.	Romain Gary	*Pour Sgnanarelle.*
3904.	Jack Kerouac	*Vraie blonde, et autres.*
3905.	Richard Millet	*La voix d'alto.*
3906.	Jean-Christophe Rufin	*Rouge Brésil.*
3907.	Lian Hearn	*Le silence du rossignol.*
3908.	Kaplan	*Intelligence.*
3909.	Ahmed Abodehman	*La ceinture.*
3910.	Jules Barbey d'Aurevilly	*Les diaboliques.*
3911.	George Sand	*Lélia.*
3912.	Amélie de Bourbon Parme	*Le sacre de Louis XVII.*
3913.	Erri de Luca	*Montedidio.*
3914.	Chloé Delaume	*Le cri du sablier.*
3915.	Chloé Delaume	*Les mouflettes d'Atropos.*
3916.	Michel Déon	*Taisez-vous... J'entends venir un ange.*
3917.	Pierre Guyotat	*Vivre.*
3918.	Paula Jacques	*Gilda Stambouli souffre et se plaint.*
3919.	Jacques Rivière	*Une amitié d'autrefois.*
3920.	Patrick McGrath	*Martha Peake.*
3921.	Ludmila Oulitskaia	*Un si bel amour.*
3922.	J.-B. Pontalis	*En marge des jours.*
3923.	Denis Tillinac	*En désespoir de causes.*
3924.	Jerome Charyn	*Rue du Petit-Ange.*

3925. Stendhal	*La Chartreuse de Parme.*
3926. Raymond Chandler	*Un mordu.*
3927. Collectif	*Des mots à la bouche.*
3928. Carlos Fuentes	*Apollon et les putains.*
3929. Henry Miller	*Plongée dans la vie nocturne.*
3930. Vladimir Nabokov	*La Vénitienne* précédé d'*Un coup d'aile.*
3931. Ryûnosuke Akutagawa	*Rashômon* et autres contes.
3932. Jean-Paul Sartre	*L'enfance d'un chef.*
3933. Sénèque	*De la constance du sage.*
3934. Robert Louis Stevenson	*Le club du suicide.*
3935. Edith Wharton	*Les lettres.*
3936. Joe Haldeman	*Les deux morts de John Speidel.*
3937. Roger Martin du Gard	*Les Thibault I.*
3938. Roger Martin du Gard	*Les Thibault II.*
3939. François Armanet	*La bande du drugstore.*
3940. Roger Martin du Gard	*Les Thibault III.*
3941. Pierre Assouline	*Le fleuve Combelle.*
3942. Patrick Chamoiseau	*Biblique des derniers gestes.*
3943. Tracy Chevalier	*Le récital des anges.*
3944. Jeanne Cressanges	*Les ailes d'Isis.*
3945. Alain Finkielkraut	*L'imparfait du présent.*
3946. Alona Kimhi	*Suzanne la pleureuse.*
3947. Dominique Rolin	*Le futur immédiat.*
3948. Philip Roth	*J'ai épousé un communiste.*
3949. Juan Rulfo	*Llano en flammes.*
3950. Martin Winckler	*Légendes.*
3951. Fédor Dostoievski	*Humiliés et offensés.*
3952. Alexandre Dumas	*Le Capitaine Pamphile.*
3953. André Dhôtel	*La tribu Bécaille.*
3954. André Dhôtel	*L'honorable Monsieur Jacques.*
3955. Diane de Margerie	*Dans la spirale.*
3956. Serge Doubrovski	*Le livre brisé.*
3957. La Bible	*Genèse.*
3958. La Bible	*Exode.*
3959. La Bible	*Lévitique-Nombres.*
3960. La Bible	*Samuel.*
3961. Anonyme	*Le poisson de Jade.*
3962. Mikhaïl Boulgakov	*Endiablade.*
3963. Alejo Carpentier	*Les Élus et autres nouvelles.*
3964. Collectif	*Un ange passe.*

3965. Roland Dubillard	*Confessions d'un fumeur de tabac français.*
3966. Thierry Jonquet	*La leçon de management.*
3967. Suzan Minot	*Une vie passionnante.*
3968. Dann Simmons	*Les Fosses d'Iverson.*
3969. Junichirô Tanizaki	*Le coupeur de roseaux.*
3970. Richard Wright	*L'homme qui vivait sous terre.*
3971. Vassilis Alexakis	*Les mots étrangers.*
3972. Antoine Audouard	*Une maison au bord du monde.*
3973. Michel Braudeau	*L'interprétation des singes.*
3974. Larry Brown	*Dur comme l'amour.*
3975. Jonathan Coe	*Une touche d'amour.*
3976. Philippe Delerm	*Les amoureux de l'Hôtel de Ville.*
3977. Hans Fallada	*Seul dans Berlin.*
3978. Franz-Olivier Giesbert	*Mort d'un berger.*
3979. Jens Christian Grondahl	*Bruits du coeur.*
3980. Ludovic Roubaudi	*Les Baltringues.*
3981. Anne Wiazemski	*Sept garçons.*
3982. Michel Quint	*Effroyables jardins.*
3983. Joseph Conrad	*Victoire.*
3984. Emile Ajar	*Pseudo.*
3985. Olivier Bleys	*Le fantôme de la Tour Eiffel.*
3986. Alejo Carpentier	*La danse sacrale.*
3987. Milan Dargent	*Soupe à la tête de bouc.*
3988. André Dhôtel	*Le train du matin.*
3989. André Dhôtel	*Des trottoirs et des fleurs.*
3990. Philippe Labro/ Olivier Barrot	*Lettres d'amérique. Un voyage en littérature.*
3991. Pierre Péju	*La petite Chartreuse.*
3992. Pascal Quignard	*Albucius.*
3993. Dan Simmons	*Les larmes d'Icare.*
3994. Michel Tournier	*Journal extime.*
3995. Zoé Valdés	*Miracle à Miami.*
3996. Bossuet	*Oraisons funèbres.*
3997. Anonyme	*Jin Ping Mei I.*
3998. Anonyme	*Jin Ping Mei II.*
3999. Pierre Assouline	*Grâces lui soient rendues.*

Composition CMB *Graphic*
Impression Novoprint
à Barcelone, le 23 juillet 2004
Dépôt légal : juillet 2004

ISBN 2-07-031688-2/Imprimé en Espagne.

130171